Kurzgeschichten-Sammlung 2021

Zehn Kurzgeschichten (short storys) verschiedener Länge und Inhalte zu den Themen:

Lustiges, Nachdenkliches, Menschliches, Satirisches, aus der Reihe »Meine Tante und das Heim«, Fantastisches, Verrücktes, Schreckliches, Weihnachtliches, Gesundheitspolitisches.

Autor

Christian Gloggengießer, geb. 11.7.1961, Ingelheim am Rhein, u. a. Autor. Seine vorigen Bücher sind ein kriminal-historischer Roman »Die JURA – Jene unbekannte Schiffsmagd auf unserer Jura« zum Raddampferunglück im Februar 1864 im Bodensee in Erinnerung an seine Familiengeschichte und ein als moderne Jugendliteratur bezeichenbarer Kriminal-Liebesroman der Gegenwart »Gib Gas, Canim!« in Anlehnung an Lessings Drama »Nathan der Weise« und Hauffs Märchen »Das kalte Herz« auf Anregung des in Pforzheim lebenden Jesiden Husham Blasiny (vgl. z. B. BoD-Buch-Shop).

Christian Gloggengießer

Am besten Schnaps im Polizei-Bulli!

Zehn Kurzgeschichten

2021

Kurzgeschichten-Sammlung 2021

Impressum

Geschrieben vom 18. Oktober bis zum 20. November 2021

112 Buchseiten, Größe 12 x 19 cm, Schrift Corbel, Größe 12,

Text ca. 16′700 Wörter, COVER mit canva.com erstellt.

Bibliografische Information der Deutschen Nationalbibliothek:
Die Deutsche Nationalbibliothek verzeichnet diese Publikation in
der Deutschen Nationalbibliografie; detaillierte bibliografische
Daten sind im Internet über http://dnb.dnb.de abrufbar.

© 2021 Dezember, Christian Gloggengießer, Deutschland

Herstellung und Verlag: BoD – Books on Demand, Norderstedt

ISBN 978-3-7557-5165-6

Widmung

Solch eine kleine Sammlung von Kurzgeschichten kann nur für Leser*innen geschrieben sein, die selbst lustig, nachdenklich, menschlich, satirisch, verrückt sind und eine ältere Verwandte auf der Suche nach einem passenden Altersruhesitz begleitet haben, die sich für Fantastisches und Schreckliches genau so interessieren wie für Weihnachtliches und auch Gesundheitspolitisches in der Covid19-Krisenzeit.

Viel Vergnügen!

Ch. G., 25.11.21, Kreuth /Oberbayern

_____ 6. _____

Mutter und George 64

Fantastisches

_____ 7. _____

Ja, was ist denn dort unten im Keller los? 72

Verrücktes

_____ 8. _____

Ein netter Mann aus dem Wald 80

Schreckliches

_____ 9. _____

Niemand soll traurig sein, weil ich sterbe 94

Weihnachtliches

_____ 10. _____

Corona, so nannten sie ihre lieben Gäste 100

Gesundheitspolitisches

1 Am besten Schnaps im Polizei-Bulli!

Lustiges

»Also wissen Sie, das Ganze hier ist schon irgendwie lächerlich, wenn nicht sogar völlig bescheuert! Ich muss nach Hause! Dringend! Lassen Sie mich doch einfach gehen!«

»Na, beruhigen Sie sich erstmal, setzen Sie sich hierher und berichten Sie uns die ganze Geschichte fürs Protokoll!«, spricht der freundliche Beamte im Polizei-Bulli zu mir, »Von Vorne! Jetzt, bitte!«

»Obwohl ich das schon Ihrem Kollegen kurz gesagt habe, muss ich schon wieder...?«

»Ja, bitte! Je schneller, desto eher dürfen Sie...!«

»Gut! Gegen Ende meiner Arbeitszeit rief mich meine neue Freundin an, dass ich nach Feierabend noch rasch im Supermarkt einige wichtige Dinge kaufen sollte. Sie hätte spontan eine Kollegin mit ihrem Freund zum Abendessen in ihre Wohnung eingeladen. Echt auffallend toll hätten sie heute im Büro Hand in Hand gearbeitet. Mega! Das müsste ja belohnt werden. Deshalb hätten sie bei uns gemeinsam kochen wollen. So ab 19 Uhr, dann hätten wir bestimmt gegen 20 Uhr essen können, wenn mir das recht gewesen wäre, was mir ja recht war. Ist das ein

CHRISTIAN GLOGGENGIESSER

AM BESTEN BESTEN SCHNAPS IM POLIZEI-BULLI!

EINE LUSTIGE KURZGESCHICHTE UM 1570 WÖRTER

geschwollenes Deutsch, Mann! Kann ich das auch anders erzählen?«

»Mir egal! Hauptsache, ich verstehe den Inhalt!«

»Danke! Weiter: Ihr neuer Mann liebt griechisches Essen, also der Mann von der Kollegin meiner neuen Freundin, so wie diese selbst, so mit vielen Kleinigkeiten wie Weinblättern vorweg und Oliven dazu und griechischen Honig im Teig danach - und auch an ein paar Schalotten müsste ich denken, die roten Zwiebeln bitte! Das Gyrosfleisch könnte ich auch dort kaufen, so für zwei bis drei Personen genüge. Die Calamares würde sie noch schnell frisch besorgen. Ach ja! Und Salat! Fast hätte sie den Salat vergessen! Ob ich den auch dort zusammensuchen könnte, also mit Kirschtomaten dazu und so. Keine Ahnung! Ich antwortete: `Ja, klar! Mach´ ich! Nur die Ruhe! Bis später!´ Und sie sagte: `Danke! Ich liebe dich!´ Also klingt das alles nicht nach irgendwelchen Problemen. Haben Sie hier etwas zu trinken für mich?«

»Später! Erst weiter, bitte!«

»Der Supermarkt befindet sich nur maximal fünf Fahrradminuten von ihrer Wohnung entfernt. Dort wohne ich seit drei Wochen auch ´mal zwischendurch. Fahrrad fahre ich seit Jahren sehr gerne jeden Tag. Das ist gesund und zu bestimmten Uhrzeiten bin ich einfach schneller am Arbeitsplatz; das machen auch die kürzeren Wege. Regen stört mich wenig, eher diese ständigen Ampeln, echt zu lange rot geschaltet, aber die... Na ja. Mein derzeitiges Fahrrad war maßgeschneidert auf mich und recht teuer. Ich besitze daher gar kein Auto.«

»Ist das wichtig?«

»Das weiß ich doch nicht! Ich soll Ihnen doch...!«

»Weiter und ein bisschen kürzer bitte!«

»Ja und dann geschah es! Mein Chef bat mich um eine dringende Mehrarbeit. Ich weiß, dass er mir heutige Überstunden eigentlich mindestens schon gestern hätte... Aber das war kein Problem. Dann fuhr ich eben nach der Arbeit direkt zum Supermarkt, dachte ich. Bis 19 Uhr wäre das alles zu erledigen gewesen. Wir wohnen ja nur ein paar Minuten mit dem Fahrrad von diesem...«

»Das wissen wir bereits! Was geschah im Supermarkt und dann danach draußen, bis wir Sie auf frischer Tat ertappten?«

»Quatsch! `Auf frischer Tat ertappten´! Ich musste leider zu lange weiterarbeiten, war daher erst wenige Minuten vor 19 Uhr im Supermarkt. Dort hetzte ich mit dem Wagen hin und her durch die Gänge und erinnerte mich glücklicherweise an all die Dinge, die ich besorgen sollte, hoffe ich. Ich lud noch eine Olivenölflasche ein, zwei Weißweinflaschen dazu und freute mich, zwar, als ich wieder im ersten Regalgang war. Und? Was denken Sie, was da passierte?«

»Das weiß jetzt ich nicht! Meine Frau geht meistens zum Einkaufen. Also was jetzt? Wir können hier nicht ewig herumsitzen!«

»Aber ich will ja eh nach…«

»Später! Weiter! Konzentrieren Sie sich bitte!«

»Meinetwegen! Ich griff in meine Hosentasche, um zur Kontrolle meine Geldbörse heraus-zuziehen. Aber es gab da keine Geldbörse! Ich erinnerte mich sofort, dass ich sie bestimmt heute zu Hause, also in der Wohnung meiner neuen Freundin, vergessen hatte, weil ich heute eine neue Hose anzog, mich deshalb ein bisschen verspätete und ich schnell losging, während meine neue Freundin noch auf mich einredete. Irgendetwas Lustiges aus dem Frühstücksradio! Keine Ahnung!«

»Was war denn da heute morgen lustig? Ein guter Witz? Dann lassen Sie ihn hören!«

»Weiß ich nicht mehr! Jedenfalls ließ ich den halbvollen Einkaufswagen im Gang stehen, quetschte mich an der Kassenschlange vorbei und radelte in Windeseile nach Hause, um meine Geldbörse zu holen. Noch niemand in der Wohnung! Glück gehabt! Nicht ´mal eine Viertelstunde später war ich wieder im Laden. Habe extra die roten Ampeln...«

»Das habe ich jetzt ausnahmsweise überhört! Weiter!«

»Im Gang stand er noch genau so, wie ich ihn verlassen habe. Ein etwa halbvoller Einkaufswagen! Ich griff ihn mir und suchte weiter. Da stand plötzlich diese Frau vor mir und sprach mich giftig an, ich hätte den Wagen eines Kunden gestohlen. Das habe sie gerade beobachtet. Ich sei ohne Wagen durch die Tür hereingekommen und hätte mir sofort diesen Wagen geschnappt. So ginge das ja nicht! Sie würde das einer Verkäuferin melden. `Hallo!´, rief sie in Richtung Kasse und winkte auffällig dazu.«

»Und das soll ich Ihnen glauben! So ein Blödsinn!«

»Also eine Verkäuferin ist Zeugin! Nämlich diejenige, die dann zu uns spazierte.«

»Im Ernst? Na, dann weiter!«

»Diese seltsame Frau hielt mit einer Hand meinen Wagen fest, rief noch ein paarmal in die Gegend, bis ihr Mann um die Ecke stiefelte. Sie erklärte ihm alles. Und als eine Verkäuferin zu uns trat, erklärte er dieser Frau, was seine Frau ihm erklärt hat, nicht, was ich ihr erklärt hatte; also nicht mein Problem mit der Geldbörse! Und ich sann darüber nach, was ich noch für das Abendessen bräuchte. Es fehlten vielleicht noch Schnittblumen oder Kerzen. Die Dekoration!«

»Sagen Sie, sind Sie Deutschlehrer?«

»Wieso? Ist das neuerdings auch strafbar!«

»Nur so! Aber warum haben Sie das Fahrrad gestohlen?«

»Ich habe es nicht gestohlen, sondern wollte es nur ausleihen! Wegen der Uhrzeit, verstehen Sie?«

»Das sagen alle! Spaß beiseite!«

»`Wegen der Uhrzeit´, das sagen alle?«

»Durften Sie nun diesen Einkaufswagen behalten oder...?«

»Wieder eine Scherzfrage? Natürlich! Die Verkäuferin verstand das sofort, dass niemand eine halbvollen Wagen mit ganz anderen Waren eines anderen Kunden wegnehmen würde.«

»Aber diese Waren passten Ihnen doch!? Wenn ich so darüber nachdenke! Alles griechisches Zeug! Oder?«

»Wie bitte? Das war doch mein Wagen von Anfang an!«

»Na ja. Vielleicht machen Sie sich alles eben immer sehr einfach? Aber wie war das dann draußen?«

»Ich eilte von der Kasse mit dem leeren Wagen hinaus, weil alle Sachen in meinen großen Rucksack passten. Das habe ich vergessen zu sagen: Zu Hause habe ich die Rucksäcke getauscht. Außerdem hat mein Fahrrad Satteltaschen, also `hatte´. Oder auch immer noch? Weiß ich nicht! Es ist ja weg!«

»Gut!«

»Wieso `gut´? Mein gestohlenes Fahrrad?«

»Nein. Das ist ja nicht bestätigt, dass Sie ein anderes Fahrrad hatten! Das könnte ja von Ihnen gelogen sein. Denn ist das nicht komisch? Sie hätten Ihres abgeschlossen, aber das, mit dem wir sie erwischt haben, war es nicht?!«

»Aber es war eben so. Ich lief zu meinem Fahrrad, das ich mit Sicherheit abgeschlossen hatte, das aber fort war. Gestohlen! Und in meiner Not entdeckte ich dieses alte Schrottrad, dachte mir, das ich schnell damit zur Wohnung fahren könnte, um die Sachen dort abzulegen, dann wieder zurück und anschließend zu Fuß wieder nach Hause. Da würde ja währenddessen meine Freundin mit ihrer Kollegin bei uns kochen.«

»Wissen Sie!? Es ist schon seltsam, dass Sie diese Dame mit der Einkaufswagengeschichte laut als einen ʼtypischen Gelegenheitsdiebʼ bezeichnete, als wir Sie da vor der Supermarkttür beim Diebstahl dieses Fahrrads erwischten. Und jetzt behaupten Sie, dass man Ihnen Ihr Fahrrad dort gestohlen hätte. Na ja. Wir sind von einem Geschädigten geholt worden, dem man etwa vor einer Stunde hier sein teures Fahrrad gestohlen hat. Und dann haben wir zufällig beobachtet, wie Sie aus dem Supermarkt rennen, sich bewusst hektisch umsehen, mehrere Fahrräder untersuchen und eines ohne Schloss entdecken und damit davonfahren wollten. Natürlich haben wir Sie uns da sofort geschnappt! Wo haben Sie denn das vorige Rad? Das teure? Steht es bei Ihrer Freundin? Verraten Sie es besser gleich!«

»Aber ich habe...«

Mein Smartphone klingelt. Meine neue Freundin! Ich stelle es absichtlich laut, damit der Polizist mithören kann.

»Wo bleibst du so lange mit dem Essen? Wir haben Hunger!«

»Ich sitze in einem Polizei-Bulli beim Supermarkt. Ein komische Frau meinte, ich hätte einen Einkaufswagen irgendwie gestohlen, und die Polizei glaubt mir nicht, dass ich ein Fahrrad nur ausgeliehen habe, weil mir meines hier...«

»Hör auf! Das reicht! Deine ständigen blöden Ausreden! Lustig sollen die sein! Und heute morgen beim Radio hast du nicht einmal gelacht, obwohl das echt lustig war. Meine Kollegin und ihr Freund haben auch darüber gelacht! Und das ist ja nicht das erste Mal, dass man sich auf dich nicht verlassen kann. Schluss! Du wirfst die Schlüssel in meinen Briefkasten! Ich stelle sofort einen Karton mit deinen Sachen und dem stinkigen Rucksack unten zu deinem Fahrrad. Lebe wohl, du Sexpfeife!«

»Ach, das ist ja interessant! Ich meine, dass Ihr Fahrrad ja gar nicht gestohlen wurde, wie ich da eben gehört habe, Herr Lehrer!«

»Ich bin kein Lehrer! Im Aufzug aus der Tiefgarage fährt meine Freundin, also Ex-Freundin, zur Wohnung hoch, deshalb weiß sie nie, ob unten draußen vor dem Hauseingang mein... Ach, was soll's!? Haben Sie jetzt etwas zu trinken für mich? Am besten Schnaps im Polizei-Bulli!«

2 Die altehrwürdige Leselupe mit an Bord?

Nachdenkliches

» **M**eine Süße«, ja, so nannte mich einst meine etwas rundliche Grandma, wenn sie in ihrem eigenen Sessel saß und mir ein ihr bekanntes Märchen aus einem vergilbten Buch vorlas. Längst mit ihrer Leselupe. Die gehörte Grandpa!

Grandpa war aber fort auf einer weiten Reise, sagte meine Mum, so wie in den Geschichten, die ja immer gut endeten. »Ach, mein leichtsinniger Marvin!«, schimpfte Grandma, wenn sie von ihm und seinem Flugzeug erzählte.

Einige Jahre später bekamen wir ein Brüderchen, der wie Dad hieß, und plötzlich rief mich Grandma nur noch »Amely, lass das!«, während sie zu unserem kleinen Scheißer immer lächelnd »Mein Süßer!« flüsterte.

Mir las sie dann keine Märchen mehr vor, dafür sei ich ja zu alt geworden, aber die Leselupe durfte ich ihnen immer bringen und putzen. Ich sah dabei zum Fenster hinaus, um das Flugzeug zu beobachten, das mit allen möglichen Sprühmitteln über unsere weiten Felder flog. Mein Dad machte das immer selbst so wie früher auch Grandpa.

Wie das Fliegen über den Michigansee wohl sein würde, rätselte ich damals, als er mir das Schießen mit dem Gewehr doch noch beibrachte.

Über die Jahre hinweg wurde mein jüngerer Bruder groß und stark. Irgendeine gesunde Frau aus einer auserwählten Familie fand er, der »Marvin der Dritte« in unserem großen Haus. Er musste ja alles übernehmen. Glasklar war das! Möglichst bald, denn Mum und Dad fraß die Arbeit langsam auf.

Und für mich sei das eben nichts, so als Mädchen. Etwas mit Kranken oder besser Lehrerin! Das hat ja auch etwas mit unserer Nationalflagge zu tun, irgendwie. Also musste ich noch mehr lesen. Wenn meine Augen müde wären, würde mir Grandma bestimmt immer ihre Leselupe leihen, meinten alle. Schule sei heutzutage wichtig, erst recht für die Mädchen.

Für mich würden sie auch sicher noch einen passenden Farmer finden, hieß es später am Grab meiner Grandma, wo mein Grandpa auch schon lange Zeit ruhte. Es sei ein Flugunfall im überraschenden Sturm gewesen, erfuhr ich sogar. Meine Mum hatte davor immer Angst und mein Dad war grundsätzlich dagegen, dass Frauen fliegen. Alt wurden sie mit diesen Einstellungen und noch anderen.

So rundum arbeitsfähig, das blieben sie allerdings nicht allzu lange. Marvin der Vierte erhielt eines Tages Grandmas Ehrentitel »Mein Süßer!«, doch niemand las ihm mehr aus einem Buch etwas Fantastisches mit friedlichem Ausgang vor. »Wozu auch?!«, hieß es, »Die Wirklichkeit des Mannes sieht ja anders aus!« Er müsse ja selbstverständlich ein richtiger Mann, ein Farmer, werden.

Und da lernte mein selbst ernannter Vaterersatz später, als ich längst von diesem Zuhause fort war, einen netten Farmer kennen, der noch eine Frau suchte. Meine lange und teure Ausbildung sei ja nichts für mich. Ich solle doch nach Hause kommen. Das Geld reiche für alle. Arbeiten müsste ich dann nicht. Es gäbe dort genügend Angestellte.

Und einen jüngeren Bruder, der auf der Farm fleißig mitarbeite, den gäbe es auch noch. Heiraten würde er bestimmt bald, so dass er einziehen werde. Auf diese Weise wachse die Familie wie die Felder und deren Ernte. Ja, mein Schwager, der sei auch ein ganzer Kerl! Mit diesen Worten hörte ich sein Lachen.

Das alles stand vor wenigen Jahren in einem Brief und, dass Grandmas Leselupe auf dem Bücherregal neben dem Kamin im Haus seines Freundes ebenfalls auf mich warten würde. Und in dem heutigen mit ein paar beiliegenden Fotos von dem neuen Heim schreibt er, dass der Bruder meines sehnsüchtig wartenden Bräutigams inzwischen mit seiner Ehefrau auch auf der gemeinsamen Farm lebe.

Ja, sie alle würden sich riesig freuen, wenn ich endlich wieder heimkehren wollte. Ein noch kleines Mädchen hätten sie bekommen, dem ich jeden Abend Märchen vorlesen könnte. Das sei wirklich so wertvoll für die Zukunft eines Mädchens. Das Lesen! Und das wüsste doch jeder! Immerhin sei ich dann auch endlich Tante, eine gebildete. Zähle das denn heute gar nichts mehr, fragt er mich zum Schluss. –

Mit einem zufriedenen Lächeln zum Einschlafen hätte sich diese Kurzgeschichte vielleicht die ehemalige Marinefliegerin Frau Amy Bauernschmidt aus Milwaukee in Wisconsin frei ausgedacht, ein paar Tage bevor sie am 19. August 2021 als erste Frau das Kommando über einen amerikanischen, nuklearen Flugzeugträger übernehmen durfte – über die »USS Abraham Lincoln« – und natürlich, wenn sie die Leselupe ihrer Großmutter bereits geerbt und als Erinnerung mit an Bord hätte.

Hat sie das?

2 Der Wunsch des Busches mit den so schönen weißen Blüten

Menschliches

Als wir hier zwischen den Bergen einzogen, war das meiste Grün im Garten regelmäßig gepflegt worden, wegen der geringeren Sonneneinstrahlung als im Flachland immer gut geschnitten und im höher am Berghang stehenden Nachbarhaus wohnte schon längere Zeit niemand mehr, so dass es dort langsam verwilderte. Zum Verkauf war es angeboten, doch wahrscheinlich völlig überteuert.

Fremde Leute kamen aber immer am Wochenende des Weges. Einige klingelten bei uns, ob man dieses schöne Grundstück daneben erwerben könne, das abgewrackte Gebäude müsse man ja eh zunächst abreißen. Kein Problem! Wem gehöre es denn?

Seit einigen Jahren nun wohnt ein alleinstehender Zahnarzt aus der Stadt in seiner neuen Villa auf diesem Stück Berghang mit herrlicher Aussicht in die grüne Landschaft. Das entspanne ihn so wunderbar, wenn er 'mal zu Hause sei, meint er zufrieden. »Alles selbst erarbeitet!«, betont er auch immer wieder, wenn fremde Leute hier vorbeiwandern und seinen Garten bei ihm persönlich über die bauchhohe Hecke hinweg loben.

Oft sonntags, wenn er einem dort knieendem Mann erklärt, was dieser heute und nächsten Sonntag oder auch schon am Samstag zu tun habe, während er dann bei gutem Wind paragliden oder bei Sonnenschein mit seinem schicken Cabrio über Straßen der Gegend segeln würde. Golfen sei wirklich nichts für ihn. Zu viele Kollegen dort am Platz!

Und genau an solch einem sonnigen Tag entdeckte ich erst, dass die Holzrollläden zweier Fenster zweier Zimmer im Erdgeschoss unseres alten Hauses von oben herab mit Schimmel überzogen waren. Sogar die Hausaußenwände darüber waren schwarzgrün gefleckt und hinter einem großen Kleiderschrank fand ich verärgert das gleiche Grün.

Selbstverständlich beobachtete ich diesen Tag den weiteren Sonnenlauf erstmalig genau: Es wurden viele neue Büsche und Bäume auf dem Nachbargrundstück gepflanzt, deren Wuchs ich über die Jahre hinweg jedoch nicht so recht verfolgte. Und diese Fenster erhielten tagsüber kein Licht mehr, nur spärliches der Abendsonne.

Unser Haus liegt ja tiefer. Der nahe Wald ist zu hoch gewachsen. Der höherliegende und bereits baumartige Busch mit den so schönen weißen Blüten raubt uns zusätzlich noch etwa zwei Stunden die abendliche Wärme im Sommer! Da freuen sich die Schimmelpilze mit ihren frei fliegenden Sporen! Was sollte ich tun? Den netten Zahnarzt bitten? Also wegen des für diese Seite unseres Hauses untragbaren Teils seines sich stets vergrößernden Grünzeugs?!

Nachdem ich gerade seinen wuchernden Busch mit den so schönen weißen Blüten heckenhoch kürzer geschnitten hatte, raschelte eine gekrümmte Gestalt fluchend an anderer Stelle durch die dichte Hecke zu mir hindurch, bis ich sie nicht überrascht erkannte.

Was mir da einfiele? Das sei seine Sonstwie! Ich sagte, doch nur so hoch wie übrige Hecke... Auf seinem Grundstück! Eindeutig! Ich solle unseren Grenzstein... Also wirklich! Nur wegen des sich ausbreitenden Schimmels am... Nein! Sein Sonstwie sei sein schönster Baum! Und ich dachte, neben dem zahllosen anderen und von seiner Villa weit entfernten Grünzeug.

Ich habe das nur deshalb zurückgeschnitten, weil in unseren unteren Zimmern der Schimmel... Das interessiere ihn doch nicht! Fragen hätte ich ihn vorher... Aber ist denn das so schlimm, wenn ich nur diesen einzigen... Das sei sein Grundstück, sein Sonstwie! Und er bestehe... Doch wirklich nur wegen der nötigen Abendsonne!

Es gibt tagsüber wegen Ihres uralten riesigen Kastanienbaums eh kein... Nein, so jedenfalls ginge das nicht! Ihn zu fragen sei doch das

Mindeste, was er verlangen... Also noch einmal! Wegen des eindeutig erkennbaren starken Schimmelbefalls habe ich wirklich nur diesen...! Nein, das habe er von mir nicht gedacht. Wir seien doch immer so gut miteinander ausgekommen. Da dachte aber ich sofort an seine neue Holzgarage mit den Dachwasserableitungen direkt in unser Grundstück hinunter und diese ewigen Pfützen auf dem Weg an dieser Hausseite. Vielleicht sollte ich ihm dies jetzt einmal so richtig... Ob ich denn nicht wüsste, dass seine Sonstwie eine besondere... Nein, deshalb wirft sie trotzdem leider mittlerweile einen schädlichen Schatten auf...

Entschuldigen, das solle ich mich wenigstens... Na, gut! Entschuldigung! Wegen des Schimmels und des Schattens habe ich doch nur... Das interessiere ihn doch nicht, aus welchem Grund ich... Nochmal von mir zum Mitschreiben: Ihr Sonstwie, nur dieser zum Baum aufblähte Busch, behindert wegen seines Ausmaßes... Nein, keine Zeit! Er müsse jetzt arbeiten. Und da läuft er davon, diesmal auf dem richtigen Weg hinaus. Ach so, arbeiten müsse er jetzt. Der Ärmste! Ich dagegen habe nur Spaß! Ja, dann! Ab zum Schreibtisch!

Ich packe meine Gartenscheren wieder in den Keller, räume die abgeschnittenen Zweige sauber weg, freue mich plötzlich, den netten Zahnarzt nicht vorher gefragt zu haben, weil ich ja seine Antwort ahnte, und sehe ihn doch tatsächlich mit der kopfschüttelnden Nachbarin der anderen Straßenseite mit seinen Armen fuchtelnd und deutend über mich schimpfen, als ich kurz aus meinem Fenster blicke, während ich lächelnd das Schreiben dieser Kurzgeschichte beendet habe.

Aber der Busch mit den so schönen weißen Blüten will ja leider wieder ein noch schönerer Baum werden. Das ist sein ganzer Wunsch! Na ja, 'mal sehen, was ich Gutes für uns beide tun könnte.

4 Die echt hochbegabte Tankstellenpraktikantin

Satirisches

Also eine mathematische Hochbegabung mit Physik ist ja ganz schön, aber so für das »wirkliche Leben« eher hinderlich, meint meine Frau immer. Wissen Sie, mir gehört eine Tankstelle mit Waschstraße und meine Frau macht das Büro. Aber da wechseln wir immer zwischendurch.

Und stellen Sie sich vor, den Freitag vor drei Wochen ruft uns ein Mann an, ob seine gymnastische Tochter, also gymnasiastische, ihr Schulpraktikum von einer Woche bei uns machen kann. Wir haben nichts dagegen. Er ist Anes... irgendwas, ein Arzt ist das, meint meine Frau, der die Patienten bei den Operationen in Ohnmacht hält. Mit Gasen oder so.

Seine Frau hat sie uns heute morgen geliefert. Ein sehr nettes Mädel! Meine Frau hat sie gleich in unsere Arbeitskleidung gesteckt und ist mit ihr an die Kasse gegangen. Da hatten wir schon ganz andere hier, so bekloppte Damen! Meine Frau macht heute die Kasse und ich das Büro. Ach so, ja.

Und der Vater war sehr hoch begabt und deshalb seine Tochter auch echt. Mathe und Physik und andere Naturfächer wie Deutsch auch,

CHRISTIAN
GLOGGENGIESSER

DIE ECHT HOCHBEGABTE TANKSTELLEN-PRAKTIKANTIN

EINE SATIRISCHE
KURZGESCHICHTE
UM 2200 WÖRTER

hat er zu meiner Frau am Telefon gesagt. Sehr gut. Sie wird Maschinenbau studieren, daher die Arbeit bei uns. So zum Schnuppern! »Hier bei uns schnuppert's ja immer 'mal auch ganz gut nach Benzin und Öl«, habe ich bei meiner Frau dazu gewitzelt.

Heute ist ja Freitag. Da wird es nachmittags immer voll. Auch viele Wohnmobile! Die Berufspendler tanken meist am späten Abend, aber da ist unsere Praktikantin eh schon wieder daheim. So und nun warten wir 'mal ab, was so passiert. Ich muss jetzt arbeiten. Bis später! -

Da bin ich wieder. 12 Uhr. Satte vier Stunden hat unsere Praktikantin brav gejobbt und nun ist Mittagspause mit mir. Meine Frau macht als ihre Pause im Büro weiter und Sandra übernimmt die Kasse mit Jens, der ist jetzt zwei Stunden für den Kaffee und die Brötchen zuständig. Danach seine restlichen Stunden wieder ab in die Waschstraße und den Service. Ja, bei uns gibt es den noch! Müssen wir haben. Unsere Tanke liegt leider nicht mehr verkehrszentral wie früher. Sie haben vor ein paar Jahren die Umgehungsstraße gebaut. Deshalb »umgehen« viele Autos auch uns. Nur in den Stoßzeiten...

Unsere Gymnastin erklärt mir, was sie an der Kasse so alles Lustige erlebt hat. Ich lache 'mal zwischendurch mit. Die meisten Kunden waren freundlich. Nur eine komische, alte Ziege, die hat genervt. Und noch so ein hübscher Typ, der hat sie angemacht. Das stört sie aber nicht. Das kennt sie.

Und dann erklärt sie mir, was besser wäre. Warum wir nicht die Waren, die am meisten gekauft werden, nicht teurer machen. Und das Seltenere einfach billiger. Das muss ich ausprobieren. Das rechnet sich schon in einer Woche. Sie will den Unterschied auf der Hand sehen. Ob wir das Projekt morgen starten. Auf einem Zettel hat sie das schon durchgerechnet, natürlich für einen Beispielmonat mit dreißig Tagen bei einer Sieben-Tage-Arbeitswoche und einer zehnstündigen Öffnungszeit. Da ist der Prozess des Verkaufserlöses oder so einfacher zu verstehen. Auch den Personaleinsatz kann ich so wesentlich verbessern. Die Rechnung ist doch echt klar, zeigt sie mir auf ihrem Papier. Also ich verstehe ihren Zahlenhaufen nicht und sage: »Sieht ja ganz gut aus! Brav, Mädel! Prima!« Was soll ich dazu auch sagen?! Ich will ihr ja nicht vor den Kopf stoßen. Sonst schimpft mich meine Frau.

Sie soll das später meiner Frau zeigen, am besten nach ihrem Feierabend, da hat sie dann auch kurz Zeit, sage ich ihr, damit ich von ihren Ideen mitgerissen wirke. Ich beschäftige mich jetzt mit so 'was nicht. Quatsch! Besser frage ich sie nach ihrer Schule und den Maschinenbau. Das Sandwich und der Kaffee schmecken mir heute ganz anders, irgendwie saftiger. Muss Sandra unbedingt noch fragen, was sie geändert hat. Ob es die besseren Tomaten sind. Oder sind das die von Jens? Ich grüble noch weiter und unsere Praktikantin erzählt gerade noch von ihrer Grundschule, glaube ich.

Ja, daran erinnere ich mich auch noch. Das waren Zeiten! Mein alter Herr wollte immer, dass ich auch Lkw-Fahrer werde. Er hat die Reisen genossen, von denen er uns Kindern immer erzählte, natürlich nicht von seinen Weibergeschichten. Die sind erst viel später bei der Scheidung auf den Tisch gekommen. Und dann sind wir umgezogen – nur mit meiner Mutter und ihren Eltern. Meine Schwester hat Opa nicht ertragen. Er war ja auch zu streng mit uns. Als ungerecht hat sie seine Strafen empfunden, schrie sie. Weiß ich noch genau.

Aber dafür war der Garten recht groß und verwildert. Auf einen Baum durften wir ein Holzhaus mit Dach bauen. Ein bisschen schief war es, aber es wackelte nicht und meine Schwester war wieder glücklich. So in der Natur, da blühte sie auf. Hatte das wie meine Frau. Wenn sie noch leben würde, sie würden sich bestens verstehen. Mit Sicherheit! Und was meint unsere Praktikantin im Augenblick so?

Die junge Mathelehrerin ist »echt kuhl«. Sie hat einen Test mit ihr gemacht, dabei war ihr räumliches Denken ganz besonders, hat diese Mathe-lehrerin anschließend bei der Besprechung in der Klasse behauptet. Und die kennt sie bereits über mehrere Klassen hinweg. Ihre Mutter meint das auch. Sehr besonders. Na gut! Da habe ich ja jetzt die passende Aufgabe für sie. Wir gehen beide nach draußen zu den Zapfsäulen.

Mein Problem ist Folgendes: In wenigen Stunden werden hier zu viele Autos gleichzeitig tanken wollen. Und wie viele Zapfstellen haben wir? – Genau! Acht sind das. Vier auf jeder Seite und eine zusätzliche für Diesel und noch eine Ladestation für E-Autos. Aber die haben dich jetzt nicht zu interessieren. Und was bedeutet das?

Sie weiß gerade nicht, worauf ich hinaus will. Also, weil ja die Automobile ihre Tankdeckel sowohl rechts als auch links haben, jedenfalls die meisten, fahren... Aber die meisten Autos haben doch nur einen Tankdeckel, meint sie zu mir. Ja, ihr Deutsch, da ist sie ja leider auch begabt, erinnere ich mich. Du hast ja recht. Ich meine doch »entweder rechts« und »oder links«. Sie nickt mir zu. Aber das ist ja noch nicht das Problem! Sondern weil alle Fahrer immer ungeduldig zu einer freien Zapfstelle fahren, stehen sie plötzlich auch auf ihrer linken Seite der Zapfsäule, obwohl der Schlauch ja um das halbe Auto herum reicht. Verstehst du? Sie schüttelt den Kopf.

Egal. Das erlebst es bald. Ein schönes Durcheinander ist das immer. Sie müssen dann rückwärts hinaus, weil vor ihnen zwei andere noch tanken, aber hinter ihnen warten schon drei andere Autos. Ein ewiger Affenzirkus! Also du machst ab jetzt den Service an den Tanksäulen. Scheiben schnell putzen, Wasser nachfüllen, beim Tanken helfen und die Mülleimer zwischendurch leeren! Was man eben so tun muss. Dein Trinkgeld darfst du behalten. Hoffentlich bekommst du auch 'was!

Und wenn du später im Verkehrswirrwarr arbeiten musst, dann überlege dir ruhig, wie ich das verbessern soll. Ab die Post und ich verschwinde ins Büro! Später werde ich 'mal nach ihr sehen. Sie ist ja höher begabt als wir. Das muss sie dann doch schaffen. Oder?

Im Büro stehen unsere Monitore für die Kameraüberwachung für unser ganzes Gelände. Natürlich wird es Tag und Nacht beobachtet. Die erste Zeit mache ich noch Buchhaltung, muss ja getan werden, hilft nichts, bis es draußen richtig losgeht. Heute tatsächlich schon früher. Unsere Praktikantin ist eigentlich schon zu Hause, aber ihr Vater hat gewollt, dass sie ruhig bis 17 Uhr weiterarbeiten soll, wenn ich sie dafür bezahlen will – als zusätzliches Taschengeld, hat er mir fast befohlen.

Sie rennt eh flink wie der Wiesel um die Zapfsäulen, aber soeben geschieht es das erste Mal heute. Auf beiden Seiten stehen sich mindestens drei Fahrzeuge gegenüber und auch noch schön schräg, dass keiner rückwärts hinauskommen kann.

'Mal sehen, wie das weitergeht. Der Kaffee schmeckt heute auffällig gut. Komisch!

Ich gehe mit der Tasse zu meiner Frau hinüber und frage sie: »Sag´ ´mal, warum schmeckt der Kaffee denn heute so gut?« Sie möchte meinen probieren. Und ich frage: »Wieso? Trinkst du nicht auch den aus dem Automaten, sondern einen anderen? – »Nein und Ja! Heute trinke ich Zitronentee von zu Hause. Ich hoffe, dass ich mich gestern nicht erkältet habe!« Stimmt, das duftet aus ihrer Tasse auf dem Tresen. Halt, rufe ich, du bist erkältet und trinkst dann aus meiner Tasse!? - Sie meint, sie sollte doch probieren oder nicht!? Und mein Kaffee schmeckt ihr tatsächlich heute viel besser als sonst. Viel feiner ist er und duftet auch besser. Ich soll morgen ´mal Jens danach fragen, er war ja heute für den Kaffeeautomaten zuständig. Und so verziehe ich mich wieder ins Büro. Lästige Sache, aber da steckt unser Geld drin!

Nein, nicht erst morgen, ich rufe ihn am besten gleich an: Hallo Jens, gut, dass du dran bist: Warum schmeckt mein Kaffee seit heute Mittag besser als sonst? - Ooch, da ist nichts passiert! Der alte Kaffee ist nur ausgegangen. Ich habe nichts im Lager gefunden, da sollte ich die Kartons nehmen, die noch in Ihrem Auto lagen, sagte Ihre Frau und gab mir den Schlüssel. – Was? Spinnt ihr beide? Das war der sauteure für die Geburtstagsfeier meiner Frau mit ihrem Haufen Freundinnen übermorgen zu Hause bei uns. Doch nicht für die Kunden! Also das muss ich noch... Ich glaube, ich drehe durch! Keine Zeit mehr, Jens! Die Praktikantin im Schirm! Bis morgen! Da reden wir noch drüber!

Und was macht sie da draußen?! Sie regelt den Verkehr, wobei ständig zwei Zapfsäulen auf der linken Seite leer stehen, weil da weniger Autos herfahren, und die Warteschlange rechts immer länger wird. Ich gehe hinaus und hole sie zu mir ins Büro.

Was machst du da vorn? Gerade weil du die Autos regelst, darf doch keine Zapfsäule leer stehen. Die Kunden müssen sofort an die neu benutzbare Zapfsäule gewunken werden. Leer stehende Zapfsäulen und zugleich eine Warteschlange bringen doch keine Kohle, sondern enttäuschte Kunden, Mädchen! –

Aber ich denke, wenn alle ankommenden Autos auf ihrer Seite tanken, egal, auf welcher Seite sie den Tankdeckel haben, dann entsteht kein Chaos mehr durch das Rückwärtsfahren der vollgetankten Autos. Die Autos bleiben ganz einfach auf ihrer Seite wie auf der Straße beim Kommen und Gehen! Oder?

Ja, aber auf diese Weise klappt das doch nur, wenn auf beiden Seiten mindestens ein Auto auf einen Platz warten muss. Sonst gibt es leere Zapfsäulen! Wozu denn das bitte? Und was machst du noch hier? – Jens steht plötzlich in der Tür! – Ich denke, du bist längst zu Hause, wo du hingehörst!

Nein, Ich sollte ihr noch zwei Schilder basteln. Habe ich jetzt endlich sauber fertig. Der Text war schwierig: »Bitte rechts tanken!« oder nur ein Pfeil mit »rechts« und ein Pfeil mit »links«. Waren auch nur zwei Überstunden!

Wieso »Überstunden«!? Wer schafft hier eigentlich an? Doch immer noch ich! Oder wer? Das heißt, auch meine Frau! Oder meistens meine Frau! Ich ja weniger! Ist das klar!?

Sie sagte mir, ich soll schnellstens zwei Schilder bauen, also für den Verkehr an den Zapfsäulen! Keine Ahnung! Wegen der beiden Spuren hinein oder so. Das sollen wir ausprobieren, hätten Sie uns gesagt.

Ach, herrje! Und warum hast du da zwei unterschiedliche Schilder mit »links« und »rechts« in den Händen? Die Autos fahren doch nur immer rechts in ihre eigene Spur, Jens!

Wirklich? Das hat sie mir nicht gesagt. Keine Ahnung! Na ja, sie ist ja noch Praktikantin! Da musste ich auch verdammt viel lernen. Darf ich jetzt in den Feierabend gehen?

Ja, gut. Geh´ bitte heim und lass die beiden Schilder hier im Büro. Bis morgen! – Jens verabschiedet sich von uns.

Und nun habe ich zwei unbrauchbare Schilder und die sinnlosen Überstunden eines Angestellten bei leeren Zapfsäulen zu bezahlen und eine Warteschlange aus verärgerten Kunden oder wie, mein Fräulein! –

Jetzt weint unsere Praktikantin, weil ich vielleicht laut geschimpft habe. Und meine Frau kommt mit ihrem Vater zur Tür herein. Ausgerechnet jetzt! Unsere Praktikantin läuft nach draußen zum Auto das Vaters und ihr Vater fragt mich, was denn passiert ist, weil er mich schreien gehört hat. So geht das ja nicht, sagt er.

Also Ihre Tochter hatte nur einen zu langen Arbeitstag. Sie sollte in der Stoßzeit den Verkehr an den Zapfsäulen regeln, das hat sie überfordert. Mehr war nicht!

Den Verkehr an der Säulen regeln, lacht er. Was für ein Schwachsinn ist das denn!?, meint er zu uns. Damit ist das Praktikum beendet und er wird eine andere Tankstelle für seine hochbegabte

Tochter finden, also mit »geeignetem Führungs-personal«.

Und in dem Augenblick, als er hinausgeht, sagt meine Frau noch zu ihm, dass eben meistens die so genannten Hochbegabten für die Arbeit mit Menschen untauglich sind und deswegen ist er selbst ja auch nur Anestässist im Krankenhaus geworden. Und ich sage darauf nur noch »Wie?«, doch ohne von irgendjemandem eine Antwort hören zu wollen.

Außerdem läuft es draußen an den Zapfsäulen endlich wieder optimalst, weil das übliche Chaos mit dem Hin- und Her- und Rückwärtsfahren wieder herrscht. An unserer Kasse bei meiner Frau ist eine Warteschlange, auch weil die Leute alles Mögliche zusätzlich einkaufen, dort wo die eben hingehört. Ich schließe die Bürotür wieder hinter mir und trinke heute noch eine Tasse von dem feinen Kaffee. Jetzt absichtlich gerne!

5 Meine Tante und der Tresor im Heim

aus der Reihe »Meine Tante und das Heim«

»Wenn das dein Onkel Ewald wüsste... Gott hab´ ihn selig!«, droht mir meine Tante immer schelmisch lächelnd, wenn ihr in meinem Beisein irgendjemand möglicherweise Schaden zufügen wollte.

Onkel Ewald war Tierarzt wie sie selbst. Nach einigen Jahren Arbeit übernahmen sie eine sehr renovierungsbedürftige Großtierklinik mit Wohnhaus und Pferdehof auf dem Land weiter weg von Bremen, denn beide liebten Pferde. Kinder bekamen sie nie. Ich weiß nicht, warum. Gefragt habe ich weder sie noch meine Mutter, immerhin ist sie ja ihre einzige Schwester. Aber eine dunkelbraune Hündin, die mussten sie haben.

Mein Onkel Ewald ist an seinem sechsundsechzigsten Geburtstag leicht bekornt, vielleicht auch etwas mehr, bei einem Ausritt mit der Gästegruppe durch seine blühenden Wiesen von seinem Lieblingspferd gestürzt. »Ein glatter Genickbruch«, urteilte die Notärztin. »Und glücklicherweise so ganz unblutig! Also wegen der feinen Gäste!«, seien ihre achtsamen Worte gewesen.

Da verkaufte meine trauernde Tante ihre Tierklinik mit allem Drum und Dran und erwarb ein doch großes Haus mit einigem Grund in Bad

CHRISTIAN
GLOGGENGIESSER

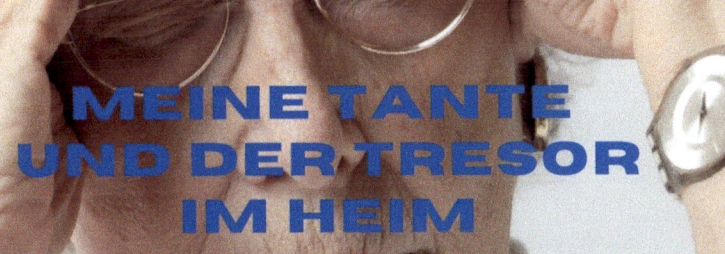

MEINE TANTE
UND DER TRESOR
IM HEIM

WENN DAS DEIN
ONKEL EWALD WÜSSTE...
1

KURZGESCHICHTE
UM 3 400 WÖRTER

Zwischenahn bei Oldenburg, wohin meine Eltern mehrmals im Jahr für verlängerte Wochenenden zu Besuch kommen dürfen. Ich natürlich auch. Der See gefällt uns einfach und meiner Tante auch das Jagdhaus Eiden, offenbart sie. Das Wort »Spielbank« hält sie ja für sehr gewöhnlich.

Sie ist durchaus eine gutmütige, ja liebe Tante. Auch mein Vater erwähnt das zwischendurch, wobei ich nicht weiß, ob er das nur deshalb sagt, damit meine Mutter ein bisschen eifersüchtig wird. Das wird sie dann nämlich tatsächlich!

Und nun sei es allmählich so weit: Meine Tante wird in wenigen Monaten auch sechsundsechzig Jahre jung und da fange das Leben an, genau so, wie es ihr sehr verehrter Udo Jürgens sang, behauptet sie. Natürlich fielen wir aus allen Wolken: Meine Tante sucht eine kleine Wohnung in einer modernen Senioreneinrichtung, in die sie langsam wechseln könne und später als möglicher Pflegefall dann eben nicht mehr wechseln müsse. Meine Mutter freute sich, weil mein Vater entsetzt äußerte: »Wenn das Ewald wüsste... Jetzt ist deine Schwester aber echt alt geworden! Schlimm!«

Wir beide vereinbarten einen günstigen Zeitpunkt bei Sonnenschein, an dem ich sie besuchen sollte, damit wir mit meinem »bescheidenen« Auto, nennt es meine Tante, zu einem Seniorenheim in ihrer Nähe fahren. Wenn der

Heimleiter dort zufällig beobachten würde, wie wir beide aus *ihrem* Wagen steigen würden, dann habe der sofort nur Goldbarren vor den Augen. Ihren Wagen würde sie dann vor dem Einzug unbedingt verkaufen – ein günstigerer täte es ja sicher auch –, denn meine Tante traut niemandem so auf Anhieb über den Weg!

Ich solle gleich im Büro keinesfalls erzählen, dass sie sogar Frau »Dr. habil. vet.« sei, also eine Tierärztin, die wissenschaftlich arbeitete und einst auch einige Jahre auf ein Professurangebot wartete. Oder ist das von ihr andersherum gemeint? Soll ich das doch laut sagen? Ich frage lieber erstmal nicht. Schlafende Hündinnen soll man nicht wecken, weiß ich längst.

Wir fanden ein schönes Haus. Meine Tante meinte, dass das Äußerliche auch bei einem Heim eher unwichtig sei, das müsste ich mir merken, für später. Im Inneren läge die ganze Wahrheit wie bei einer Operation! »Also jeder Operation!«, ergänzte sie. Telefonisch waren wir bei der etwas dicklichen Heimleiterin – wie wir später sehen konnten – vorgemeldet.

»Ein sehr nette Dame«, empfand ich und sagte das auch zu meiner Tante, nachdem wir uns recht höflich ganz ohne Doktortitel nach dem sehr knappen Einführungsgespräch verabschiedet haben.

Nun sehen wir uns in der Seniorenresidenz etwas genauer um – »uns ganz wie zu Hause fühlend«, so hat sie uns gebeten. Anschließend sollten wir unbedingt noch einmal kurz bei ihr vorbeischauen, um ihr unsere Eindrücke zu schildern. Meine Tante erwiderte mir allerdings als Erstes: »Ja, eine sehr untersetzte Dame! Du musst nicht `sehr fette´ sagen, Kind! Das gehört sich doch nicht.« Ich bekam augenblicklich den Verdacht, dass sie vielleicht ein Hörgerät bräuchte, und spreche sie deshalb ab sofort etwas lauter, deutlicher und auch langsam an:

»Im obersten Stockwerk – gibt es ein Café. – Das ist hier – auf der Tafel – eingezeichnet. – Café! – Bestimmt mit Aussicht – weit über das Land hinweg! – Ein schönes Heim! – Lass uns mit dem Lift fahren! – Hinauf!«, zeigt ihr zugleich mein Finger.

»Wie alt bist du eigentlich?! Mit dem Lift? Hat das Haus keine ordentliche Treppe? Das ist doch immer schon ein gutes Training für die Beine! Was hast du denn für Beine? Hast du deshalb noch immer keinen Mann? Oder welche Gründe spielen da eine Rolle? Und außerdem höre ich noch bestens!«

»Meine Beine?! Wie? Aber das ist doch kein…«

»Ich will mich da ja nicht einmischen, aber gekocht hast du bei mir auch noch nie! Kannst du das auch nicht, meine Liebe?«

Ich suche besser rasch das Treppenhaus und lasse meine Tante warten. »Das kühlt sie wieder ab«, denke ich. Als ich zurückkomme, unterhält sich meine Tante mit einer Pflegerin, deren Kleidung nach zu urteilen:

»So, so! Sie arbeiten erst zwei Monate hier. Ist das nicht ein wunderbares Altenheim?«

»Nein. `Das Senorenresistens´ wir müssen sagen. `Sehr schönes Heim´ es ist!«

»Ja, das stimmt. Und die beste Chefin, nicht wahr?!«

»Darüber ich nicht sprechen darf. Keine Zeit!«

»Guten Tag! Meine Tante meint das nicht so. Vielen Dank! Entschuldigung! Schönen Tag noch!«

»Was meine ich nicht so? Müsste *ich* das hier bezahlen oder *du*, mein liebes Kind?!«

»Lass uns dort hinten zur Treppe gehen!«

»Ich fahre lieber mit dem Aufzug. Das Café sei mindestens im vierten Stock, antwortete mir die Kosakin oder so! Die können wirklich reiten, sage ich dir, wie die Mongolen, aber so sieht sie nicht aus. Und sie trägt einen Pistolenhalfter unter dem

Arbeitskittel. Seltsam, nicht? Gehst du eigentlich noch öfters zum Reiten? Oder hast du das auch schon aufgegeben? Also für die Beine und gegen einen Schwabbelpo wäre...«

»Um die Ecke! Der Aufzug ist sofort um diese Ecke! Komm!«

Im Aufzug steigt im ersten Stock eine ältere Frau im weißen Arztkittel zu und fragt uns gleich höflich, wer wir seien. Meine Tante spricht sofort: »Guten Tag! Emma von Lesum.«

»Wie bitte?«, denke ich völlig überrascht, »Aber...« Augenblicklich mische ich mich ein: »Meine liebe Tante und ich sind zu Besuch hier im Altenheim. Und wer sind Sie, wenn wir Sie auch fragen dürfen?«

»Ärztin. Der Chefarzt dieser Seniorenresidenz bin ich persönlich. Schön, schön. Wen von meinen zahlreichen Schafen besuchen Sie denn?«

»Meine Tante möchte sich Ihr Haus ansehen. Vielleicht zieht sie bald hier ein. Ihr Personal lobt ja auch dieses Heim.«

»Schön, schön! Wissen Sie, wie spät es jetzt ist?«

Auf ihre glitzernde Edelsteinarmbanduhr sieht da meine Tante - Onkel Ewald hat sie ihr schon auf ihrer Hochzeitsreise nach England, dem nordischen Pferdeland, geschenkt – und erwidert mit ernster Miene nur: »Ja!« Gleichzeitig sind wir zwei Stockwerke gefahren oder vielleicht doch drei, denn ich erinnere mich an meinen Po und meine Beine, »die sind doch wirklich nicht...!«, und die schweigsame Ärztin verabschiedet sich plötzlich von uns mit den seltsamen Worten: »Eine sehr wertvolle Uhr. Schön, schön! Ich habe noch keine solche, aber das werde ich demnächst ändern.«

Im Café genießen wir die herrliche Aussicht, nicht die Qualität des Tees. Als teekundige Bremerin ist meine Tante sehr enttäuscht, was sie sich nicht anmerken lasse, meint sie, weil sie den Tee ja nicht in einen Blumentopf schütte, sondern stehen lasse und dafür eine Flasche Prosecco bestellen würde.

»Aber Tante! Mittags Alkohol?«

»Ach was, Prosecco! Ich muss doch wissen, wie ich wohnen werde, nicht nur wo! Warte ´mal ab!«

Ein junger Mann bedient uns, meiner Tante gefällt er, glaube ich. So spricht sie ihn bei der Bestellung flüsternd an, was bestimmt nichts Gutes bedeuten kann: »Sagen Sie ´mal! Wie steht es denn hier so mit männlichen Bewohnern?«

»Wie meinen Sie das, gnädige Frau?«

»Ach, du lieber Hengst! Ob es hier im Haus noch Sex gibt?«

Ich glaube, ich höre nicht richtig; mische mich aber diesmal besser nicht mehr ein. »Schwabbel-po«. Unverschämtheit!

»Nur ein paar bettlägerige Herren! Mehr weiß ich nicht.«

»Wie bitte? Von hundert Bewohnern nur ´ein paar´?!«

»Ach so. Nicht so ganz! Das stimmt zwar. 120 Betten hat das Heim, aber derzeit wohnen nur 86 Personen hier.«

»Und woher wissen Sie das so genau?«

»Ich bin Praktikant mit wechselnden Posten: Bis letzte Woche habe ich noch an der Rezeption gearbeitet.«

»Und eine sehr gute Chefin hier, nicht wahr?«

»Darüber dürfen wir alle nicht reden. Einen oder zwei Proseccos, gnädige Frau?«

»Nur einen bitte! In Flaschenform!«, lacht sie ihn an. »Meine Nichte chauffiert mich mit ihrem süßen Auto. Gib dem jungen Herrn bitte zwanzig Euro! Genügt das?!«

Weil ich sie erstaunt zögernd ansehe, fügt sie sofort hinzu: »Nein! Du hast recht! Fünfzig Euro! Das war Ihr informativer Service wirklich wert. Herzlichen Dank, mein Lieber! Ich würde selbstredend Ihr Stammgast werden, sobald ich hier wohne.«

Ich bezahle – wie ja »von uns vereinbart« – und nach wenigen Minuten bringt der Kellner meiner Tante die bestellte Flasche zum Glas und ich versuche weiterhin, den schlechten Tee zu trinken. Bitter und zu stark!

»Wenn er Ihnen nicht schmeckt, tausche ich ihn gegen eine Tasse Kaffee. Möchten Sie?«

»Sehr aufmerksam, junger Mann! Danke, aber meine liebe Nichte und ich müssen leider schon aufbrechen. Den Rest der Flasche schenke ich Ihnen! Danke. Können Sie tanzen?«

Seine Antwort ist ihr gleichgültig. Sie schnappt ihn sich und schon wagen sie zusammen ein paar Tanzschritte ohne Musik in der Mitte des Cafés. Lange sehe ich wirklich nicht zu und rufe sie freundlich zu mir.

Wir müssten zu unserem Bedauern weiter, verabschieden uns, also meine Tante für mich mit, und danach verschwinden wir rasch wieder in den Aufzug. Meine Tante winkt dem Kellner noch lächelnd zu und er zurück.

»Warum tust du das? Das ist so peinlich!«

»Ach, meine Liebe. Die Männer sind doch alle gleich. Wenn ich hier einziehen würde, würde er sich auf alle Fälle an mich erinnern. Positiv! Dann gibt es vielleicht immer einen trinkbaren Tee für mich, verstehst du! Und tanzen kann er! Hoffentlich bleibt er ja hier, bis ich komme!«, lacht sie im Aufzug.

Ein Stockwerk tiefer steigt jene Ärztin wieder ein und fragt uns höflich, wer wir seien. Meine Tante sieht mich überrascht an und nickt mir nur zu. Deshalb antworte diesmal ich:

»Frau Dr. habilitiert...«, rutscht mir heraus.

»Schön, schön. Wissen Sie, wie spät es jetzt ist?«

Meine Tante sieht wieder auf ihre funkelnde Armbanduhr – Onkel Ewald hat sie ihr... – Stimmt, das habe ich schon erzählt. Das ist ihr eben sehr wichtig! – und antwortet mit ernster Miene nur wieder: »Ja.«

Gleichzeitig sind wir die restlichen Stockwerke gefahren und die schweigsame Ärztin verabschiedet sich von uns diesmal mit den Worten: »Eine sehr wertvolle Uhr! Schenken Sie sie mir? Schön, schön. Werde ich mir auch besorgen. Oh, wir sind schon im Bahnhof.«

Meine Tante meint besorgt, dass es schön sei, dass diese demente Frau, die sich für eine Ärztin halte, noch immer ohne Begleitung Aufzug fahren könne. Sie sei hier wahrscheinlich gut aufgehoben, sonst hätten ihre Angehörigen... Die Arme!

Und so sitzen wir noch einmal bei der netten Heimleiterin im Büro, weil *sie* das so wollte, nicht unbedingt meine Tante. Mein »niedliches Auto« hätte ich etwas unpassend geparkt, weil es auf den Plätzen für die größeren Wägen stehen würde, hätte der Hausmeister ihr gemeldet, erwähnte sie, aber wir würden ja eh nicht sehr lange in ihrem Haus bleiben müssen.

»Das kann man nie wissen!«, fügt meine Tante leider nicht lächelnd hinzu. »Wer weiß!? Wie schmeckt denn das Abendessen hier?«

»`Sehr, sehr gut!´ So sprechen die Bewohnerinnen darüber.«

»Essen Sie denn nicht hier?«

»Also, ich, nein, wissen Sie, ich bin...«

»Denke ich mir! Ja, so schlecht ist das Essen wahrscheinlich überall. Versalzen und verbreit. Zum Erbrechen!? Und...«

»Du meinst das bestimmt anders als es klingt. Nicht wahr?«

»Das will ich mir aber dann doch ansehen. Die Zeit nehmen wir uns jetzt einfach, meine Liebe! Essen ist wichtig!«

»Ach so! Möchten Sie bereits bleiben? Ich kann Ihnen sofort zwei Musterzimmer zeigen, wenn Sie möchten.«

»Schön, schön«, willigt meine Tante ein, »Die Zeit für eine vorhergehende Besichtigung nehmen wir uns ebenfalls. Nicht, mein Kind?!«

Und schon stehen wir zu dritt im Aufzug. Diesmal begegnet uns die ältere Frau im weißen Kittel im Flur zu dem Musterappartement, wie die Heimleiterin es nennt. Sie fragt uns sogleich, wer wir denn seien, worauf die nette Leiterin die Klarstellung versuchen will, meine Tante aber schneller ist:

»Ich weiß, wie viel Uhr es jetzt ist! Und meine Nichte möchte sich hier ein Zimmer ansehen, bevor wir das Essen bestellen.«

»Schön, schön. So jung und schon pflegebedürftig? Wann soll ihre Patientin denn zu uns einziehen, werte Kollegin?«

»Diese Frau weiß plötzlich...,« denke ich überrascht, »dass meine Tante eine Ärztin ist. Das heißt zwar, eine Tierärztin, aber immerhin!?«

»Werte Kollegin,« entgegnet mein Tante freundlich, »ja, traurig! So jung und schon ein beginnender Alzheimer in großer Geschwindigkeit! Sie weiß nicht, dass ich ihre Ärztin bin. Sie hält mich immer für ihre verstorbene Tante. Traurig, nicht?«

»Aber Tante...!«

»Seien Sie beruhigt! Bei uns sind Sie in den besten Händen, junge Frau! Schauen Sie sich nur um! Sie finden Ihr Zimmer!«

»Hat dich der fröhliche Tanz mit dem netten Ober im Café denn nicht erfreut, meine Liebe?«, fragt mich meine Tante.

»Aber *du* hast doch mit ihm getanzt! Liebe Tante! Bitte!«

»Ach so, ja! Um die Mittagszeit findet bei uns täglich Tanzen im – im großen Terminal statt. Schön, schön. Das freut mich! Guten Flug! Wissen Sie, wie viel Uhr...?«

Die Heimleiterin geht plötzlich dazwischen, wir müssten aus terminlichen Gründen weiter. Genaueres würde sie ihr später berichten und die Chefärztin spaziert schweigend zum Aufzug. Diese Frau sei die Inhaberin der Residenz; also eigentlich Ihr verstorbener Gatte, auch ein Arzt. Aber es sei ein Glück für die Bewohnerinnen, dass sie ja noch immer im Haus wohne und deshalb Tag und Nacht als Ärztin zur Verfügung stehe. Daher führe sie auch mindestens einmal wöchentlich selbst eine Visite bei allen Damen durch.

Meiner Tante fehlen gerade die Worte und ich will noch ergänzen, dass nicht *ich* hier...

»Sehen Sie? Treten Sie ruhig ein, das ist eine wunderbare Suite mit gemütlicher Balkonterrasse und mit behindertengerechter Küchenzeile und einem separaten Schlafraum für die später nötige Pflege. Auch für zwei Personen möglich! Also falls sie beide...! Na, was sagen Sie?«

»Also, wirklich sehr...«

»Und was kostet das monatlich, wenn ich fragen darf, so für eine Person?«, damit muss meine Tante sofort meinen märchenhaften Traum zerstören.

Wegen der genauen Preisangabe der Heimleiterin sind wir bereits wieder im Aufzug. Wir müssten trotzdem noch unbedingt die wunderschöne Parkanlage besuchen.

Im Aufzug fährt wieder die Chefärztin schweigend mit. Meine Tante berechnet nur schnell und laut, dass es im Aufzug »schon für vier normal gewichtige Personen etwas eng und stinkig« sei. Ich vermute, sie meint »stickig«. Die Ärztin fragt diesmal nicht nach der Uhrzeit, sondern pflichtet beim Aussteigen in ihrer Weise bei: »Früher gab es enge Sitzplätze! Trotzdem guten Flug gehabt? Na ja, wegen Alzi doch vergessen, nicht? Schön, schön. Auf Wiedersehen!«

Und so stehen wir nun am bunt geschmückten Eingang des Hauses mit der großen Rezeption. Zum Park gehe es dort drüben hinaus. Meine Tante bedankt sich, auch weil sich die Heimleiterin von uns beiden verabschiedet, und wir spazieren hinaus in die frische Luft des Gartens.

»Und?«, beginnt meine Tante, mich zu fragen, »Was hältst du von dem Heim? Würdest du hier an meiner Stelle einziehen wollen?«

»Ich denke, du musst das zu dir passende Zimmer finden, dazu den richtigen Arzt außer Haus und mit dem Küchenchef so umgehen wie mit dem jungen Kellner. Dann könnte es hier paradiesisch werden! Sieh nur, diese schönen Blumen überall!«

»Lustig! Wenn das dein Onkel Ewald wüsste... Gott hab´ ihn selig! Genau das denke ich nämlich auch! Aber es gibt da noch ein großes Problem! Meine Armbanduhr und so weiter!«

»Wie meinst du das, bitte?«

»Komm mit, wir müssen zurück zur Rezeption, meine Liebe!«

»Sollten wir nicht noch zur Heimleiterin zum kurzen Abschiedsgespräch gehen?!«

»Nicht nötig! Das können wir uns sparen. Komm, wir fragen die Rezeptionistin!«

An der Rezeption berichtet uns die sehr freundliche, junge Dame in Uniform von den wiederkehrenden »Events« des Hauses, von den gemeinsamen Busausflügen, die immer sehr gern angenommen würden, von den regelmäßigen, verschiedenen Gottesdiensten in der sehr angenehm farbigen Residenzkapelle, von Kleintieren als durchaus erlaubten Haustieren, von den medizinischen Therapiemöglichkeiten, die im Haus verabreicht werden können, von den unterschiedlichen Zimmergrößen und -preisen und dem dortigen Wandtresor, weil ja alle Zimmer typischerweise für ein Pflegeheim immer unabgeschlossen sein müssten.

»Ach, du Schreck!«, springt in meinem Kopf umher. »Daran haben wir ja beide noch gar nicht gedacht!«, glaube ich.

»Sogar ein Wandtresor! Sehr gut! Sehr wichtig! Das wollte ich schon von Anfang an fragen!«, erklärt uns meine Tante.

»In allen Zimmern ist er noch nicht eingebaut. Wir sind dabei. Es häuften sich nämlich in letzter Zeit die Schmuckdiebstähle! Es fehlen nur noch zwölf. Das heißt, bis Sie bei uns einziehen, haben auch Sie den allerneuesten in Ihrem Zimmer! Das kann ich Ihnen versprechen! Keine Sorge!«

Meine Tante fragt gerade nach schriftlichen Unterlagen mit all den Informationen, da nähert sich uns die Chefärztin:

»Buchen Sie einen Ausflug, Frau von Lesum? Mit Ihrer Tochter? Schön, schön. Untersucht habe ich Sie ja heute morgen, wie immer Blutdruck und Puls! Da war alles bestens! Keine Sorge! Gute Reise! Wissen Sie, wie spät es schon ist?«

»Ja! Danke! Wir müssen los!«, erwidert meine Tante; wir sind glücklich, dass die Chefärztin wieder zum Aufzug geht.

»Ist diese Frau wirklich die einzige Ärztin in Ihrem Haus?«, flüstert meine Tante zur Rezeptionistin.

»Aber nein! Sie ist die Inhaberin, war einst Ärztin und tut keiner Fliege etwas zu Leide. Niemanden behandelt sie mehr, aber jede Bewohnerin besucht sie regelmäßig zum Schwätzchen. Sie können sich beruhigen, nicht jeden Tag! Das vergisst sie doch auch schon. Heute scheint sie der Sonnenschein mit blauem Himmel zur `internen Wanderung´, wie wir das alle nennen, verleitet zu haben. Und zu uns kommen regelmäßig verschiedene Ärztinnen und Ärzte zur Kontrolle ins Haus.«

»Aber wer ist denn dann diese Chefin, über die niemand sprechen darf?«, flüstere jetzt ich darüber hinaus.

»Die Heimleiterin! Ein hinterhältiger Besen! Der Verdacht auf ihren langfristigen Pflegekassenbetrug zum Geld Abzweigen stand doch bereits in unserer Tageszeitung! Haben Sie das nicht gelesen?«

Das müssen wir beide verneinen, sind daher überrascht von dieser Neuigkeit und fragen zur Ablenkung ziemlich laut nach dem typischen Speiseplan einer Woche.

Gerade als wir den Mittwoch erreichen, möchte diese Heimleiterin mit einer Frau in Begleitung an uns vorbei zum Hauseingang hinausgehen. Sie halten ein und die junge Frau in Pflegekleidung sagt zu unserer Rezeptionistin:

»Teilen Sie es bitte Ihrer Vorgesetzten mit. Der Fall ist geklärt. Auf frischer Tat ertappt! Wir melden uns sofort von der Wache. Wiedersehen, die Damen!«

Und zu uns sagt unsere freundliche Beraterin ganz gelassen: »Na, sehen Sie! Diese sich wiederholenden Diebstähle seit Monaten sind jetzt beendet und wir erhalten ganz bestimmt rasch eine neue Heimleiterin! Wann möchten Sie zu uns einziehen? Welche Namen soll ich vormerken?«

Wir bedanken uns noch und verlassen diese Seniorenresidenz mit gemischten Gefühlen, denke ich. Meine Tante stellt fest, als sie im

Polizeiauto die nette Heimleiterin neben der Pflegerin mit dem Pistolenhalfter sitzend sieht, dass die Polizei aber ungewöhnlich schnell hier vor Ort sei und dass das Abschiedsgespräch mit der Heimleiterin und ebenso das Abendessen hier deshalb nun eh ins Wasser gefallen seien. Doch sei das halb so schlimm, auch diese jeden umsorgende Chefärztin! Und was ich denn immer hätte?

Ich solle 'mal richtig wiehern! Ob ich das auch noch nie gemacht hätte. Sie müsse dringend einen Mann für mich finden, da könne sie ja nicht mehr zusehen. Hoffentlich sei es nicht zu spät! Und ob ich wisse, wie viel Uhr es jetzt sei!? Aber Vorsicht! Das sei jetzt 'mal ihr wirklich egal, lacht sie mich an oder aus!?

Auf dem Weg zu meinem bescheidenen, falsch parkenden Auto vereinbart meine Tante mit mir den nächsten Termin für den Besuch eines anderen Seniorenheims. Dann habe ich ja schon wieder etwas »Fuurchbaares« zu berichten, du lieber Himmel!

Und jetzt singt meine Tante auch noch frisch von der Leber weg in die Wiesen und Felder hinaus tanzend: »Mit sechsundsechzig Jahren, da fängt das Leben an! Mit sechsundsechzig! Ja! Herr Bockelmann!«

Und ich denke nur: »Und auch noch mehrmals! Muss das denn alles sein? Und warum nur immer ich? Wiehern soll ich!«

Und meine abschließenden leisen Worte sind nur einfach: »Wenn das mein Onkel Ewald wüsste… Gott hab´ ihn selig! Das war vielleicht ein *schönes* Haus!«

6 Mutter und George

Fantastisches

Heute ist einfach alles anders. Der Morgen war noch fast wie immer. Es nieselt aus niedrigen Wolken, kein Nebel und der Wind weht kaum. So machen wir uns auf den weiten Weg. Einige Stunden wird es dauern, schon ohne Pausen.

In einer wackelig alten Kutsche werden nämlich meine beiden Geschwister und ich gemeinsam mit Vater zur Riesenstadt London fahren.

Die Kutsche fährt täglich von London her und wieder zurück, sagte Vater letzten Monat und heute seien eben wir einmal an der Reihe.

Das Gesicht des jungen Kutschers erinnert mich an eine kurvenreiche Baumrinde. Nachdem wir unser Gepäck verstaut haben, schließen wir brav die Türen von innen und hören den Ruf des Horns zur Abfahrt. Es quietscht und rumpelt, scheppert und kracht zwischendurch; das kann ja eine schöne Reise werden!

Anfangs war es noch recht still auf der matschigen Straße hinaus aus unserem Ort. Manchmal rennen uns bellende Straßenhunde hinterher und jaulen, wenn sie zurückbleiben, wie einsame Wölfe nachts in den Wäldern. Aus der Ruhe bringen lässt sich das schwarze Pferd aber

CHRISTIAN GLOGGENGIESSER

MUTTER UND GEORGE

EINE FANTASTISCHE KURZGESCHICHTE UM 2180 WÖRTER

nicht. »George« heißt es bestimmt, meint Vater; jeder, der so heißt, sei von Natur aus »seelenruhig«. Weiter fragen wir nichts.

Wir müssten zu Fuß marschieren und unsere Koffer und Taschen schleppen, wenn die Achsen brechen würden. Oh je! Der Kutscher hetzt ab jetzt sein fahrendes Haus durch die Landschaft! Und wir sitzen darin! Vielleicht freut er sich auf sein wahres Zuhause irgendwo in London.

Bisher kannten wir unsere Hauptstadt nur aus Erzählungen der Erwachsenen. Wir stellten es uns wunderbar aufregend vor und zugleich fühlte es sich ein bisschen beängstigend an. Und dort dürfen wir demnächst wohnen! Sagenhaft! Es wartet ein neues Zuhause auf uns. Ja, wir wissen, dass wir unser geliebtes Bordon verlassen – müssen, weil das seinen traurigen Grund hat, aber wir freuen uns auch auf das Neue! Stimmt! Lasst uns fröhlich sein! Sollen wir etwas Heiteres singen? Keiner antwortet. Jetzt also nicht, dann eben später.

Schon auf dem Weg in die Nähe Londons - die Bäume wie unwirkliche Gestalten und die Felder mit braungrauen statt grünen Farben wie bei uns. Der Morgennebel nimmt zu. Fremd und fremder, so erscheint mir alles. Kalt und kälter! Irgendwie genau so wie erst in dieser Kutsche. »Jetzt beschützt uns dieser schäbige Holzkasten auf Rädern vor diesem Draußen!«, beruhigt uns

Vater, wobei er nicht bemerkt, dass unser Bruder längst an seiner Seite lehnend einschlief.

Vater blickt seit Beginn der Reise meistens zu den Fenstern hinaus. Mehr schweigend. Meine Schwester versucht mir das zu erklären: »Vater erfreut sich an der neuen Landschaft!« Aber ich sehe immer mehr trüben Nebel. Mehr braun und grau oder grau und braun...

Dass mein Vater ständig vor sich hin lächelt, wundert sich auch ein wenig meine Schwester. Und mir ist es einfach viel zu schaukelig und kalt; eiskalt, dabei kann ich nicht einschlafen. Noch nie! Mein Vater lächelt seit unserem Unglück selten und das Lachen verlernte er sogar. Aber wir können ihn verstehen. Früher war eben auch das anders. Wir weinen ja auch oft und heimlich. Deshalb sitzen wir heute endlich hier.

»Hat jemand Hunger?«, fragt Vater uns betont freundlich. Unser Bruder erwacht bei solchen Fragen immer augenblicklich und ruft »Hier!«. Er meint damit natürlich »ich«, aber Mutter brachte ihm dieses Wort bei, weil er der Kleinste in der Familie ist, sprach sie. Sie war eine...

»Nicht aus dem Fenster schauen!«, schreit meine Schwester plötzlich, zieht die Vorhänge mit Gewalt zu – und niemand von uns sieht mehr hinaus. Wir sehen uns an und sagen nichts zu Vaters Tränen auf seinen Wangen. »Schmeckt gut!«, flüstert unser Kleinster, während er die Bissen vom Brot kaut. Vater lächelt ihn kurz an.

»Geschieht das noch öfter auf der Fahrt?«, fragt meine Schwester vorsichtig. Vater erwidert ihr, dass es zwar viele Dörfer seien, durch die die Kutsche fahren würde, aber nicht immer käme sie an den... wirklich nicht jedes Mal!

»Ist es noch weit?«, unterbreche ich ihn, denn wir wissen ja, was wir vereinbarten, und meine Schwester weiß nun, was sie von ihm wissen wollte.

»Es dauert schon noch einige Zeit, doch werden die Straßen allmählich besser und voller. Das Kutschenfahren wird langsam, sanft und gemütlich. Schlaft ruhig und träumt etwas Schönes von unserem neuen Haus! Ich versuche es jetzt auch!«, erbittet sich Vater.

Die Zeit vergeht, die Fahrt wird angenehmer, draußen der Nebel ohne kalte Regentropfen dichter, so dass wir tatsächlich einnicken und das, was Vater dort draußen nicht entdecken soll, auch wir nicht entdecken. Gut so.

Die Kutsche scheint unendlich langsam anzuhalten und George wiehert von höchster Stimme hinab in die Tiefe, als ob auch er zu schlafen beginnt...

Ich sehe das neue Haus, zwei Hände voll Menschen stehen davor. Es ist aus Holzbalken gebaut. Und ein großer Hund hockt daneben. Mein Hund muss es sein.

»So etwas erkennst du mit Leichtigkeit an den Augen!«, verkündet meine Mutter.

Ich sehe freudestrahlend in die andere Richtung, sehe stoppeliges Feld an aufgewühltem Feld, nur selten entfachte Bäume, ein wenig klobige Büsche, sehe starke Mauern und bald dahinter eine Burganlage, weit und mächtig, glaube ich. Und etwas entfernt weiße Schafe und schwarze Ziegen vor den dunkelgrauen Kästen.

Wir fliegen über das satte Gras dahin. Einzelne Häuser nähern sich uns. Das sind sie also. Wir müssen da sein, wie Vater es uns voraussagte. Aber wo ist er? Ihn sehe ich nicht. Es kracht so gewaltig, dass meine Ohren schmerzen, meine Zunge schweigt.

Müde und erschöpft bin ich, als ich aus der Kutsche steigen will. Aber die Tür zu meiner Seite hin lässt sich nicht öffnen, sie klemmt wohl. Vater schläft und mein kleiner Bruder lacht noch.

»Steig´ bei mir aus!«, fordert mich unsere Schwester auf, aber das will ich nicht, weil ich doch kein Mädchen bin. Sie sagt, dass unser Haus zahllose Fenster habe, dass es wie eine Festung aus Stein auf sie wirke. Alles ist so anders als zu

Hause. Sie fürchte, dass uns unser Haus zerdrücken werde. Oh je!

Sehr windig ist es, alles strömt so irgendwie um mich herum und ist unendlich nass. Es rauscht und rauscht um mich herum. Was ist um mich herum? Warum schweigt es mich so an?

Da schwimmt die Baumrinde an mir vorbei. Erschrocken klammere ich mich an meine Schwester, doch sie glitscht mir aus den Armen. Und unser beider Bruder kauert auf der Holzbank mit den niedlichen Händen vor seiner Brust, als ob er bete. Kein Wort kommt über seine Lippen. Wo ist unser Vater?

Da öffnet sich aus tiefer Dunkelheit ein unendlich weites Tor vor meinen Augen. Lichtstrahlen blenden mich so stark, dass ich die riesige Gestalt, die sich mir nähert, nicht erkennen kann. »Herzlich willkommen, mein großer Lienhardt!«, grüßt sie mich mit der liebevollen Stimme meiner Mutter. Ich soll das wohl sein.

»Aleydis und ich sind kurz vor dir angereist. Mutter ahnte schon, dass Elias und du etwas Verspätung haben werdet. Ihr seid ja die erd-verbundenen Mutigsten aus ihrem Leib!«, das ist die Stimme Vaters aus dem Irgendwo. Mutter ruft noch: »Seht, ist das nicht unser Elias, der von dort hinten zu uns her läuft?!«

»Ja, das ist er, Mutter! So etwas erkennst du mit Leichtigkeit an den Augen!« antworte ich glücklich. Und alle lachen sie über mich, doch ich weiß nicht warum.

»Friedhof« habe ich ja nicht gesagt, dieses uns verbotene Wort, damit Vater nicht in seiner Trauer weinend zergeht. Also ich werde darüber nachdenken, denke ich, als sich das gewaltige Tor hinter uns schließt.

Und draußen in London war wieder einmal eine ortsbekannte Reisekutsche im dichten Nebel versehentlich die Böschung hinunter in die reißende Themse gerast und in tausende Stücke zerborsten. Niemand überlebte, nur das schwarze Pferd mit übermenschlicher Geduld konnte ans Ufer gerettet werden. Es heißt ganz bestimmt »George«.

© Christian Gloggengießer, 1. November 2021

7 Ja, was ist denn dort unten im Keller los?

Verrücktes

Dieser alte, schäbige Überseekoffer, den er so liebt, weil er ihn geerbt hat. Ja, das einzige Erbstück seiner Mutter. Darin zappelt es wild und es weint laut vor sich hin. So stark umklammert seine rechte Hand den harten Griff, während er den schwarzen Koffer fortschleppt, wie wenn seine Hand noch immer den Kinderhals zudrücken würde, den Hals unserer Tochter! Dieses verdammte Schwein!

Während er die dunkle Nebenstraße wie in einem verlassenen Häuserwald hinunter marschiert, verkrampfen sich seine grobschlächtigen Finger. Ein brennender Schmerz entflammt in ihnen und in ihm selbst, was ihn nur noch wütender macht!

Aber den Koffer loslassen, das kann er nicht, schließlich ist ja der glänzend verzierte Koffer der wertvolle Koffer seines verstorbenen Großvaters, bestätigte ihm seine Mutter. Da rennt er einfach weiter. Zu atmen versucht er ruhig und gleichmäßig, um sich ein Schlaflied zu singen. Dieses Ungeheuer!

An der Ecke unseres gemeinsamen Lieblingscafés biegt er scharf ab. Ein grinsendes Gesicht taucht plötzlich auf. Es wächst und wächst in große Abscheulichkeit, so dass er beinahe im

CHRISTIAN GLOGGENGIESSER

JA, WAS IST DENN DORT UNTEN IM KELLER LOS?

EINE VERRÜCKTE KURZGESCHICHTE UM 1345 WÖRTER

Schwindel auf die Straße fällt. Und da schreit er mich wie so häufig an: »Nein! Du nicht! Lass uns! Niemals du! Ich liebe meine Mutter! Du musst das ja nicht! Und ihr so schönes Gesicht!«

Er fängt sich wieder; ihre tiefen Augen locken ihn, doch er schließt jetzt endlich schamvoll seine eigenen und eilt blindlings auf den rutschigen Pflastersteinen weiter. Er läuft und läuft. Manche Schaufenster erkennt er, natürlich auch den kleinen Laden, in dem ich ja arbeiten sollte, wie seine liebe Mutter es beschloss und sie einst die erste Babykleidung für unsere Tochter kaufte, ohne uns auch nur das Geringste vorher zu fragen.

Den Schmerz in seiner Hand verspürt er nicht mehr, denn als mächtige Tatze eines Bären erscheint ihm seine eigene Faust. Die süßen Händchen meines Lieblings entdeckt er hinter dem Schaufenster liegen. Ohne unser Kind, so einfach abgehackt!

Da heult die Sirene eines Polizeiwagens in seine Ohren, dessen blaue Lichter an den hohen Häuserwänden hinter ihm aufflackern. Rau kratzt der Jackenärmel an seiner Stirn, während er damit hastig seinen Schweiß abwischt. Die Polizei fände ihn nie! Ihn doch nicht!

Und nun erschrecke ich plötzlich, schnappe heftig nach Luft, als sich zu erwachen glaube: Der Geruch seiner schwarzen Uniformjacke vom

Sicherheitsdienst weckt mich. Eiskalt läuft es mir den Rücken herunter. Und unser Mädchen weint irgendwo laut und lauter, glaube ich zu hören. Und es schläft doch nicht mehr bei uns, sondern im eigenen Zimmer. Hallo!

»Nein! Mit dir nicht mehr! Ich will nicht mehr, kann nicht mehr!«, denke ich zu flüstern, und meine Füße berühren kaum noch den nassen Straßenboden, so sehr renne ich einfach nur davon. Ich rutsche nach links, nach rechts dahin und fliegen will ich durch die Mitte. Fliegen mit meiner Tochter und meiner Liebe ins Irgendwohin ganz hoch hinauf. Frei will ich von ihm sein! So frei!

Endlich die Hauptstraße. Lauter Leute laufen. Sie drängen sich auf den Gehwegen hin und her, glotzen in ihre bunten Handys, einige lächelnd, andere grimmig, wieder andere ohne Blick. Keiner sieht ihn an, wie er sich mit den schwarzen Koffer abschleppt, aus dem die Kinderstimme herauszuschreien bemüht ist. Die vorbei-flitzenden Rollerfahrer und Hunde fletschen nur ihre gelben Zähne. Sie wollen auch weiter irgend-wohin. Sie auch, ja, auch sie wollen vorbei, weiter und weiter, vorbei an den Häusern und an den vielen Leuten in ihr eigenes Irgendwohin. Und wo ist das Heulen geblieben? Diese Polizei? Nichts mehr zu hören. Gar nichts. »Sehr schön!«, das lächelt er schweigend vor sich hin. Dieser Sadist

Seine Beine schwächeln, seine Lunge schrumpft, seine Zunge vertrocknet, seine Lippen verkleben. Er will doch möglichst schnell vorwärtskommen, aber diese Leute! Diese...! Eine Wand aus faden Gestalten, nur braune Hosen und braune Jacken. Die hinter ihm Gelassenen stampfen ihm entgegen und der Koffer mit meinem Schatz –, nur noch schleppend ziehen kann er ihn –, so schwer ist er für ihn geworden. Dieser Mörder! Ja, Kindsmörder!

Ja, nur noch rückwärts kommt er voran zu der Stelle, meint er, zu der er unbedingt stolzieren will. Er schleicht nun ganz außer Atem. Kein Stampfen mehr in dem Koffer! Kein Schrei! Wirklich! Als er vorsichtig in die Leute sieht, nimmt er sie alle mit dem giftigen Gesicht seiner Mutter wahr und ruft verwirrt zu mir: »Nein! Nicht tausendmal nur immer Du! Lass den Anderen doch deren eigene Gesichter! Nimm lieber meines, auch wenn du das Schönste hast, Mama!«

Das Polizeirevier. Da sitzt er nun erschöpft und gut bewacht im dunklen Raum, weil man ihn doch noch aufgegriffen hat, und fort ist sein großer Koffer, der schwarze seiner bösartigen Mutter. Unser Mädchen ist auch verschwunden, wahrscheinlich tot, hofft er. Er war es, das ist damit bewiesen. Dieser Verbrecher!

Aber als ich meine vertränten Augen öffne, küsst er mich gerade auf den Mund, um mich sanft zu wecken. Er ekelt mich an. »Meine Kollegen und ich werden sie bestimmt wiederfinden, mein Schatz! Wir helfen der Polizei; das haben wir gerade telefonisch abgesprochen. Sie wird sich nur verlaufen haben. Ich muss los!«, sagte er überzeugt heute Nacht oder war das im Traum. »Wohin sollte unser kleines Mädchen denn laufen?! Wohin denn bitte?«, fragte ich meinen Mann vor einiger Zeit, denke ich.

»Wie konnte ich sie nur allein bei ihm lassen! Es war schon stockdunkel draußen. Und ich war noch mit meinen Kolleginnen unterwegs. Später als vereinbart wurde es! Und zu viel Alkohol gab es auch! Das weiß ich noch. Da sei sie `spazieren gegangen´, log er mich auch noch grinsend an, als ich um Mitternacht zu Hause war. Ein junges Mädchen geht doch nicht allein spazieren! Im Dunkeln! Meine Tochter wirklich nicht!«, schweige ich noch müde vor mich hin. Seine geheimnisvollen Augen waren es damals. Ach, wie sie mich täuschten! Ein mieser Vater ist er. Schweißgebadet ist mein ganzer Körper im Augenblick - und es hat sich ihm gegenüber versteinert, mein Herz! Dieser Versager!

Er trägt seine aufgeputzte Uniform, auch das berührt mich schon lange nicht mehr. Er muss los. Mithelfen beim Suchen mit seinen Kollegen! Und ich solle besser zu Hause bleiben, befiehlt er mir auch noch. »Ganz etwas Neues!«, döse ich noch eine Weile vor mich hin und stehe schließlich auf, wie ich noch nie in unserer Ehe aufgestanden bin. Dieser Macho!

Am ganzen Körper zitternd, wie fiebrig aufgeheizt und einsam, unendlich einsam, schreie ich endlich meinen Mann an, ihn, ʼdiesen uniformierten Pennerʼ, das denke ich dabei: »Wo ist dein schwarzer Koffer, den du von deiner widerwärtigen Mutter geerbt hast? Wo? Sagʼ es mir sofort!«

Da grinst er mich wie immer belustigt an und behauptet frech, er wisse von keinem schwarzen Koffer, aber wenn ich unbedingt wolle, dann würde er gleich in den Keller gehen, um ihn dort zu suchen. Das hilft ihm aber nicht mehr. Aus ist seine Geschichte, weil ich schweigend in die Küche gehe, während er noch kurz, bevor er unsere gemeinsame Wohnung irgendwohin verlassen wird, im Flur im großen Wandspiegel seine Gestalt wie jeden Tag laut lobend bewundert. Ach, wie männlich er doch sei!

Als er zur Tür hinaus geht, steche ich das lange Küchenmesser, das uns seine Mama zur Hochzeit schenkte, in seinen starken Rücken. Wenige Augenblicke später stürzt der Fiesling über das alte, schäbige Geländer im Treppenhaus hinab in die Tiefe von neun Stockwerken. Kein böses Wort kommt mehr über seine Lippen. »Wie wunderbar!«, denke ich und rufe meinem ehemaligen Gatten abschließend hinterher: »Und jetzt finde ich deinen schwarzen Koffer ganz allein! Tschüs!«

Da öffnet sich im Flur die Wohnungstür unserer Nachbarfamilie und Lionas Mutter steht hinter ihrer Tochter und meiner Tochter. Alle freuen sich und ich höre die freundlichen Worte: »Guten Morgen! Und? Pünktlich zum Frühstück die Übergabe, wie wir drei deinem Mann gestern spät am Abend versprochen haben! Und unter uns, der war ja schon ganz schön heftig angetrunken! Lass ihn seinen Rausch ausschlafen! Er hat's ganz bestimmt nötig. Ja, was ist denn dort unten im Keller los?«

© Christian Gloggengießer, 7. November 2021

8 Ein netter Mann aus dem Wald

Schreckliches

Es war einmal… ein sehr hoher Baum, eine Fichte, die ja ganzjährig ihre Nadeln trägt und deshalb auch das ganze Jahr Schatten wirft, auch auf eine Gegend, in der man gar nicht das ganze Jahr Schatten haben möchte.

Und neben ihren sehr breiten Fuß baute einst irgendjemand eine kleine Brücke aus Holz mit nur einem Geländer zu ihrer Seite hin. Das Bett eines rauschenden Baches befand sich darunter, doch es wucherte immer mehr zu, weil der Bach immer weniger Wasser erhielt.

Es blieb zu der Zeit, als zwei Männer die sie störende Fichte beseitigen wollten, nur noch ein tieferes, schlammiges Loch unter dieser Brücke übrig, ansonsten war der Bach den Waldrand entlang in ein sanftes Rinnsal verwandelt.

Früher schloss kein Garten an den Waldrand mit der Fichte und der Brücke an, aber heute, ja, natürlich, die Bauern verkauften ihre Felder als neue Wohngebiete. Auf diese Weise wurden vor einigen Jahren jene beiden Männer Nachbarn; Zaun an Zaun und Zaun an Waldrand mit stillem Bächlein. Und den Jüngeren regte langsam der Schatten der Fichte in seinem Garten auf seiner Terrasse auf. Und heute müsse der Baum weg! So schnell wie möglich! Wer helfe ihm dabei?

CHRISTIAN GLOGGENGIESSER

EIN NETTER MANN AUS DEM WALD

EINE SCHRECKLICHE KURZGESCHICHTE UM 2345 WÖRTER

Sein freundlicher Nachbar will ihm unter die Arme greifen, weil er meint, dass es sicher auch noch seinen Garten treffen würde, also ist die Baumfällung für ihn zwar noch verfrüht, aber jetzt besser als später, wenn der Schattenbaum in den Himmel gewachsen sei. Seine sonnenhungrige Frau meinte das ebenfalls. Auch die Frau des Nachbarn ist verärgert, weil »dieser dumme Baum« ausgerechnet in der Mitte des täglichen Sonnenlaufs stehen würde. Er müsse eben daher weg!

Wo ist das Problem? Gibt es überhaupt ein Problem bei dieser einfachen Sache? Na ja. Wem gehört denn dieser Baum? Sie können ihn doch nicht einfach so absägen. Oder doch?

Es dauert ein paar Tage, dann ist es so weit. Der Waldbesitzer zeigte sich mit einer gut gesicherten Fällung einverstanden, wenn auch versicherungstechnisch als eindeutig sei, wenn das Holz des Baumes in abtransportierbare Teile zersägt und neben dem Weg aufgeschichtet würde, wenn auf das Tierschutzgesetz wegen der möglichen Brutnester geachtet würde, dass der Baum erst ab dem Oktober dieses Jahres gefällt würde, wenn höchstens zwei Personen bei der Fällung zur Sicherheit anwesend seien und zuletzt, wenn er dafür im Voraus noch einen Kasten helles Bier für seine Waldarbeiter geschenkt bekäme.

Man wurde sich wie erwartet rasch einig!

Und heute ist ein ungewöhnlicher Donnerstag in der ersten Woche des Novembers. Die beiden Nachbarn können sich endlich zur Fällung treffen. Der Ältere nimmt seine gepflegte Kettensäge mit in den Wald, dazu noch einen Hammer, der Jüngere ein Seil, einen Rotstift und ein Geodreieck. Beide hatten sie noch einen »Kurs zur professionellen Baumfällung« belegt und durften bei einer Fällung selbst dabei sein; das war ja von vornherein klar, weil ihre beiden Frauen darauf bestanden haben.

Geplant war 14 Uhr nachmittags, doch leider wurde es nach 16 Uhr, als sie in Richtung »Wald« losmarschieren konnten. Der Nebel sinkt wieder allmählich vom Himmel herab. Es wehte zu wenig Wind. Der Sonnenhimmel verdunkelt sich ins Graue hinein. Das stört die beiden Männer aber nicht, denn ihr Ziel ist klar: Dieser Schattenbaum kommt heute weg!

Der neue Nachbar ist Maschinenbauingenieur und der früher zugezogene mit zwei Kindern Mathe-Physik-Oberstudienrat, allerdings wurde dessen Frau zur Grundschulleiterin ernannt. Die Frau des Ingenieurs wurde Apothekerin wie ihr Vater. Also, wie die sich alle kennenlernten, weiß hier vielleicht niemand. Auf alle Fälle sind die Männer für das technische Handwerk zuständig. Daher dürfen auch nur sie zu ihrer besonderen Werkstelle im Waldrand gehen. Das Betreten dieses Ortes ist derzeit für andere Personen, das heißt Laien, untersagt.

Am Baumstamm messen sie als erste Handlung fachmännisch alles Wichtige aus. Ihr Baum ist gar nicht so hoch und der Stamm am Fuß gar nicht so breit, wie sie es damals auf den ersten Blick richtig einzuschätzen glaubten. Die Höhe wollen sie aufgrund der Schattenlänge ermitteln, so wie es in der Antike schon Diogenes machte, meint der Ingenieur, aber der Lehrer entgegnet: »Aber das waren die Pyramiden und sicherlich Euklid. Wegen der Geometrie und so.«

Sie vermuten, dass der Stamm so etwa eine Tonne wiege. Ihn mit einem festen Seil in eine bestimmte Richtung zu ziehen, sei folglich gar nicht so einfach. Aber der Baum befindet sich zu nahe an dem Brückengeländer. Er muss deshalb entweder mittels der Fallkerbe oder des Zugseiles genau in die ungefährliche Richtung fallen. Die Kerbe muss dazu im rechten Winkel von oben eingesägt werden.

»Mindestens so etwa vierzig Zentimeter von oben!«, denkt der Lehrer, während der Ingenieur das so erklärt: »Dreißig Zentimeter von oben müssen völlig genügen! Und danach kann seitlich und am Ende von hinten der waagrechte Säge-schnitt ausgehöhlt werden, damit der Baum umfällt.«

Sie sind sich also einig, befestigen das Seil in etwa fünf Meter Höhe am Baumstamm nach sehr häufigem und sehr gut gezieltem Werfen.

Es wird allmählich dunkel. Wegen des dichten Nebels auch sogar im Waldrand. Feucht und matschig erscheint der Boden. Da sagt der Ingenieur mit leichter Scham, dass er 'mal müsse, bevor es losginge. Er habe ja Taschentücher in der Hose und ziehe sich etwas weiter weg hinter den Büschen zurück. »Bis gleich!«, verabschiedet er sich bei dem Lehrer, der ihm entgegnet: »Und ich versuche unterdessen schon die Kerbe im rechten Winkel zur Fallrichtung einzusägen!«

Gesagt, getan. Sie trennen sich, jeder um sein eigenes Vorhaben bestens zu erledigen. Und es fiel dem Lehrer endlich wieder ein: Es war Thales von Milet. Der Gründer der wissenschaftlichen Philosophie aus der Astronomie, indem er als erster Mensch zum Erstaunen aller Leute eine Sonnenfinsternis vorausberechnete. Und er soll in Ägypten einen Stab verwendet haben, um die Höhe der Pyramiden zu messen. Der Schatten seines Stabes hatte bei einem bestimmten Sonnenstand dieselbe Länge wie der Stab. Folglich gilt das auch für die Pyramide: Bei genau diesem Sonnenstand ist die Länge des Schattens der Pyramide auch seine echte Höhe. »So genial einfach ist das«, freut sich laut der Lehrer.

Auf diese Weise hätten die beiden Männer auch die Baumhöhe richtig berechnen können. Aber sie erkannten ja noch, dass das völlig egal für sie ist, weil der Baum eh zu dicht an der Brücke steht.

So – und jetzt ist die Kerbe fertig gesägt. »Wo bleibt mein Nachbar? Er muss jetzt messen, diese seitlichen Einschnitte in der richtigen Höhe!«, rätselt der Lehrer. Da er ihn rundum nirgendwo sieht, lehnt er sich als Pause ans Brückengeländer an und wartet. Es wurde heute früher dunkel als gedacht und auch wegen der dichten Waldbäume und der ausladenden Büsche dazwischen.

Er wartet und weiß gar nicht, was er denken soll. Aus einer Thermoskanne, die neben den Messgeräten steht, nimmt er einen kräftigen Schluck, um sich wieder Kraft zu schenken, so dass er zufällig überlegt, wer denn diese Kanne überhaupt hierherbrachte. Er war es ja nicht! Und sein Nachbar? Nein, auch nicht! Das wäre ihm doch aufgefallen. Oder? Wie kommt denn diese Kanne dann hierher?

Er erblickt plötzlich im vernebelten Wald eine menschliche Gestalt gehen. Sie sieht aus, als ob sie einen Regenmantel mit Kapuze tragen würde. Und sie bückt sich alle paar Meter, bleibt kurz in der Hocke, steht dann wieder auf und spaziert einige Schritte weiter und bückt sich wieder und...

Er glaubt, dass ist bestimmt sein Nachbar, der noch immer eine geeignete Stelle suche. Und dieser dunkle Nebel verschleiere die Sicht so komisch, dass man meinen könne, man sähe einen Regenmantel. Deshalb lacht er nun kurz.

»Also, wenn er nicht bald zurück ist, säge ich selbst weiter«, sagt der Lehrer vor sich hin und sägt tatsächlich kurze Zeit später weiter, ohne zu warten. Jetzt aber besser mit den Ohrschützern, welche ihnen leider fehlen! Als die seitlichen Kerben fertig sind, findet er den Stift und das Dreieck auf dem nassen Boden und zeichnet die weiteren Schnittstellen an den Stamm.

»Ein gruseliges Wetter ist das hier!«, ruft der Lehrer in den mittlerweile finsteren Wald, »Hallo! Hier arbeiten wir! Bei der Brücke! Hallo! Ich bin hier! Hier!« Aber niemand antwortet. Enttäuscht sägt er im Rest des Tageslichts wie geplant weiter. Der Baum soll ja heute unbedingt fallen!

Und gerade in dem Augenblick, als ihm einfällt, dass ja niemand mit dem Seil den Stamm in die passende Richtung zieht, kippt der Baumstamm einfach um. Nicht weg von der Brücke, sondern nach einer leichten Drehung so mitten auf das Geländer der Brücke. Ein lautes Krachen erschallt, das Geländer ist durchgebrochen und der obere Teil des Baumes ruht auf der Brücke.

»Ach, du Scheiße! Auch das noch!«, spricht den Lehrer von hinten eine ihm bekannte Stimme an.

»Mein Gott! Haben Sie mich jetzt erschreckt! Wo waren Sie denn die ganze Zeit, mein lieber Herr Nachbar?«

»Na, wo denn wohl! Nur kurz dort hinten bei den größten Büschen! Aber ich hatte plötzlich Durchfall und ausgerechnet dann – kam mir ein Pilzsammler näher. Um diese Jahreszeit! Und was sollte ich machen? Ich bemühte mich, starr in der Hocke zu verharren, und da hörte er wahrscheinlich meine saudummen Geräusche und kam neugierig noch näher. Glücklicherweise verschwand er doch endlich wieder. Und diesen Durchfall habe ich mit Sicherheit von dem Tee in meiner Thermoskanne!«

»Ihre Thermoskanne?«

»Ja, ich habe sie mit dem kleinen Rucksack mitgebracht, sofort ausgepackt und neben das Werkzeug abgestellt. Der Rucksack ist wieder auf meinem Rücken. Schon die ganze Zeit!«

»Ich habe Ihren Tee vor einiger Zeit gekostet und ich befürchte, ich muss jetzt auch ´mal rasch hinter irgendeinen Busch! Bis gleich!«

Und so eilt der erschrockene Lehrer im dunklen Nebel zwischen Bäumen hindurch in den Wald.

Währenddessen bestaunt der junge Ingenieur den gefällten Baum und das zerschlagene Geländer. Er greift sich den Hammer, um die beiden Teile des Geländers gänzlich zu entfernen, bevor sie in einigen Minuten nach Hause gehen werden, um erst mit bestem Wetter und gutem Tageslicht morgen oder so weiterzuarbeiten, denkt er.

Ein paar kurze, feste Schläge sind nötig und diese Balkenreste brechen ab – und die morsche Brücke, auf die er sich stellte, mit einem lauten Krachen durch. Der Ingenieur sitzt im dunklen Nebel in einem schlammigen Wasserloch neben den Holzteilen und schlägt wütend mit dem schweren Hammer seines Nachbarn auf den Boden des so dünnen Baches. Es spritzt und platscht ein wenig, bis der Hammer plötzlich –

– auf etwas Festes aufschlägt. Er wischt mit seinen schlammigen Händen daran herum und schlägt nicht mehr darauf ein. Ein rundlicher Gegenstand ist es. In der matschigen Erde wühlt er immer mehr umher und dann entpuppt sich ein menschlicher Schädel, den er beinahe zertrümmert hätte. Mitten unter der finsteren Brücke!

Oh Schreck! Gleichzeitig erschallen jetzt kurze Schreie aus dem schwarzen Wald. »Die Stimme seines älteren Nachbarn!«, augenblicklich weiß er das. Als Letztes hört er dessen langgezogenen Schrei. »Der Schrei des Todes!«, fährt es wie ein Blitz durch seinen Kopf, »Das kann nicht sein!«

Der junge Ingenieur klettert durchnässt aus dem Schlammloch unter der gebrochenen Brücke hervor. Den Schädel legt auf die Seite ab. Später würde er ihn... So ganz weiß er aber noch nicht, was er machen soll. Soll er im Wald suchen oder besser mit dem Handy die Polizei holen? Oder ist es besser, zuerst zu Hause seine wartende Frau anzurufen? Vielleicht auch beide zugleich? Dieser verflixte Nebel in der Dunkelheit! Wo ist denn sein Nachbar? Verdammt nochmal!

Eine Gestalt nähert sich ihm auf dem schmalen Weg im Waldrand. Ein Regenmantel mit der Kapuze! Jener Pilzsammler oder wer sonst!?

»Kann ich Ihnen helfen?«, spricht ihn dieser nette Mann aus dem Wald an. »Sie sind wohl mit dieser wundervoll hölzernen Brücke eingestürzt. Oder wollte Sie diese wunderschön gewachsene Fichte erschlagen? Sind Sie verletzt?«

»Nein, nein! Ich bin in den Bach gestürzt. Alles gut! Ich habe diese...«

Er bemerkt, dass dieser nette Mann aus dem Wald den Schädel am Boden kurz erblickte und schnell wieder zu ihm sieht.

»...abgesägt. Sie warf immer mehr Schatten in unseren Garten. Der Eigentümer hat es erlaubt. Ja, das Holz als bestes Brennholz bekommt er!«

»Der Besitzer dieses wundersamen Waldes bin ich. Kennen wir uns denn? Wie heißen Sie?«

Der junge Ingenieur zittert vor Kälte, während er sein Handy aus der Hosentasche zerrt.

»Sie zittern ja ganz schön. Ich helfe Ihnen!« Mit diesen freundlichen Worten greift sich der nette Mann aus dem Wald das Handy und steckt es ein. Und als sich seine Handschuhhand wieder aus der eigenen Jackentasche hervorhebt, hält sie etwas in die Höhe. Nach einem klickenden Knopfdruck ragt dem Zitternden eine Messerklinge entgegen.

»Damit können Sie sofort die kleinen Äste abschneiden. Oder soll diese tote Fichte über Nacht über der zerstörten Brücke liegen bleiben!? Das wollen Sie doch nicht, guter Freund! Oder?«

Der junge Mann übernimmt das Messer und antwortet nur: »Nein!«

»Eine so wundermächtige, hingerichtete Fichte muss man schnell beerdigen, sonst bricht das Schicksal ohne jegliche verlorene Minute über deren Mörder herein!«, lacht der nette Mann aus dem Wald und deutet mit seinem Arm und Finger auf den Schädel am Boden.

Er schwitzt vor Hitze und zittert vor Kälte und er – sticht zu. Er, der junge Ingenieur mit seiner wartenden Frau zu Hause – ganz in der Nähe.

Der nette Mann aus dem Wald weicht zurück und schreit, als ob sein Bauch eine Wunde erfuhr; er lässt sich langsam auf die Knie fallen und kriecht danach im Nebel ins nicht mehr sichtbare Gebüsch fort. Und er, der Täter?

Der junge Mann steht unzählige Sekunden lang ohnmächtig fest. Das leise Klatschen neben ihm verursacht sein Handy. Der nette Mann aus dem Wald warf es ihm doch noch zu. Seine Augen suchen diese Gestalt im dunklen Nebel, aber nur noch diesen Satz hört er aus dem Wald gerufen:

»Mit diesem Messer in deiner Hand hast du mich gerächt, denn zuvor hat er mein Leben mit seiner Säge vernichtet, du wunderbarer Mörder!«

Nichts fällt ihm dazu ein. Gar nichts. Er dreht sich schweigend um, dorthin, wo sein schönes Haus, sein Garten in der Natur liegen müssten. Schritt um Schritt trägt ihn seine Natur mit letzter Kraft zur Tür. Er klingelt mit dem Messer in der Hand, lässt sich auf die gepflegte Treppe nieder und weint und schluchzt erbärmlich vor sich hin.

Nach nur wenigen Augenblicken scheint etwas mehr Licht auf ihn herab und seine Frau öffnet die Haustür mit den erstaunten Worten:

»Was ist denn mit dir passiert?«

»Ich traf – einen netten Mann – aus dem Wald!«

9 Niemand soll traurig sein, weil ich sterbe

Weihnachtliches

Es war einmal... ein junger Mann, der sehr, sehr krank war, was aber sehr lange Zeit niemand ahnte. Es machte ihn krank, weil seine Eltern immer stritten; er liebte doch beide.

Und er hatte nur noch eine einzige Oma, mit der er sehr viel lachen konnte. Sehr weit weg wohnte sie, so dass sie sich nur in den großen Sommerferien treffen konnten. Die unsichtbaren Nachbarn seiner lustigen Großmutter schickten dann ihren Hund zu ihm in den großen Garten. Er war sein erster Freund, sein einziger, sein letzter.

Und immer, wenn er wieder nach Hause fahren musste, waren beide sehr traurig. Das wollte er nie; denn sie würden sich ja bald wiedersehen, sagte er. Und darauf sollten sie sich doch freuen!

In der Kindergarten sollte er nicht gehen, weil seine Eltern die Sorge hatten, dass er dafür noch zu jung sein würde. Aber darüber stritten sie sich lange, was ihn krank machte. Und viele andere Kinder freuten sich, dort spielen und lernen zu dürfen. Das wusste er, aber er sollte wohl traurig sein.

Als er in die Schule kam, sollte er dort von zu Hause erzählen, aber er erzählte immer viel zu lange. Und von der Schule gab es viel zu Hause zu

CHRISTIAN GLOGGENGIESSER

NIEMAND SOLL TRAURIG SEIN, WEIL ICH STERBE

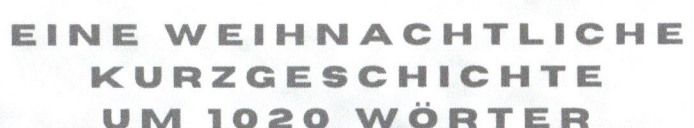

EINE WEIHNACHTLICHE
KURZGESCHICHTE
UM 1020 WÖRTER

erzählen, aber er erzählte immer viel zu lange. Und viele andere Kinder freuten sich, in der Schule sein dürfen. Das wusste er, aber er sollte wohl traurig sein.

So einige Jahre verstrichen, in welchen er ganz allein vor sich hin zu reden lernte, wenn er stundenlang allein zu Hause irgendetwas mit Begeisterung spielte. Er redete und redete, da freute er sich und lachte so viel er wollte.

Doch er lernte viel zu viel, so dass er in der nächsten Schule immer zu wenig wusste, was man von ihm wissen wollte, weil er doch das Zweifeln gelernt hat. Das Zweifeln an seinen Eltern, an den Lehrern, an dessen Wahrheiten und das Zweifeln an sich selbst. Das wusste er, aber er sollte wohl traurig sein.

Man sagte, er sei ein sehr fröhliches Kind, ein neugieriges und intelligentes, aber in der Schule, da zöge er sich lieber ins Schweigen zurück. Niemand verstand, dass er sich immer geprüft fühlte, meistens falsch, weil seine Worte ja immer Schulnoten als Bewertungen, zu oft schlechte, erhielten. Und niemandem war es bewusst, dass seine ausführliche Redeflut, seine riesige Welt der Gedanken von Kleingeistern immer unterbrochen und dann immer angeblich verbessert wurde, so dass er eines Tages aus der Angst wieder zu versagen zu stottern begann. Das wusste er, aber er sollte wohl traurig sein.

Doch er lernte immer weiter, noch viel mehr und viel zu viel, so dass man in der nächsten Schule sagte, dass er doch ein sehr fröhlicher Jugendlicher sei, ein neugieriger und intelligenter, aber fast in jedem Unterrichtsfach viel zu selten aufmerksam mitarbeite, lieber träume und noch lieber schweige.

Er solle mehr Sport in seiner Freizeit treiben, zum Beispiel Fußball mit Freunden spielen und – er solle unbedingt eine Sprachtherapie machen.

Und er spielte sehr viel Fußball und lernte die Sprechübungen in der Schule umzusetzen, aber er bemerkte den Neid, weil er bald zu gut Fußball spielen konnte, und den gutgemeinten Rückzug, weil ihm niemand Sprechübungen aufdrängen wollte, wenn man sich mit ihm unterhielt. Das wusste er, aber er sollte wohl traurig sein.

Deshalb begann er zu schreiben und zu musizieren, um die Fülle aller seiner Gedanken und Gefühle irgendwie endlich erleben zu dürfen; wenigstens er selbst in sich selbst. Niemand sollte ihm nun mehr dafür schlechte Schulnoten geben dürfen. Er schrieb Gedichte und musizierte und musizierte und schrieb Geschichten, da freute er sich und lachte so viel er wollte.

Sein Stottern brach fast nur noch in der Schule heraus. Aber da verliebte er sich in ein Mädchen und da hätte er in die Richtung dieses Mädchens aus sich herauskommen müssen. Das wusste er, aber er sollte wohl traurig sein.

Er sollte besser die Schule abbrechen und eine Berufsausbildung machen. Ja, am besten einen Beruf erlernen, in dem man möglichst wenig mit Menschen sprechen müsste. Und wieder stritten sich seine Eltern, diesmal auch noch seinetwegen. Lieber wiederholte er eine Klassenstufe, was alle überraschend zu wesentlich besseren Schulnoten führte. Doch darüber freute er sich nicht, denn weiterhin brach man seine Reden ab, hörte man ihm immer nur so lange zu, bis die vorbestimmten Antworten vollständig richtig oder falsch waren. Das wusste er, aber er sollte wohl traurig sein.

Seine Eltern freuten sich vielleicht, dass er seinen Schulabschluss doch noch erreichte. Aber über seinen mühsamen Weg dorthin wurde nie gesprochen. Alles war ja selbstverständlich. Und wie es dann weitergehen sollte, darüber stritten sie sich dann wieder. Jetzt eine Berufsausbildung oder doch ein teures Studium? Wäre er denn dazu überhaupt reif? Wozu? Er dachte, sie würden sich alle freuen, aber wegen ihm freute sich niemand.

So verstrichen wenige Wochen, in denen er ganz allein überlegen sollte, was er denn eines Tages so werden wolle. Lehrer, das ginge ja nicht. Und Arzt, natürlich auch nicht. Vielleicht Musiker, aber wozu dann ein Studium. Besser in irgendeine Verwaltung, so am Schreibtisch ohne Menschen, riet seinen Eltern der Schulpsychologe. Darüber freute sich niemand, aber es würde immerhin eine feste Pension als lebenslanger Beamter geben. Oder irgendetwas in der Landwirtschaft, denn Tiere würde er ja über alles lieben, auch wenn sie dort geschlachtet würden. Daran müsste er sich eben gewöhnen. Das wusste er, aber er sollte wohl traurig sein.

Und eines Tages war es so weit. Der Tag der Anmeldung zu einer weiteren Bildung war da. Aber es gelang ihm wirklich nicht mehr, sich zu entscheiden. Ein Auge sah plötzlich fast nichts mehr. Seine Gedanken wurden noch länger und sie verwirrten sich erstmals tatsächlich, wusste er, so dass es seinen zahllosen Worten nicht mehr gelang, sie sinnvoll zum Ausdruck zu bringen. Seine Eltern stritten sich, ob sie ihn doch von einem Arzt untersuchen lassen müssten.

Wenig später ergab es sich, dass in seinem Gehirn ein nicht operierbarer Tumor gewachsen ist. Er blieb deshalb so einige Wochen in einem Krankenhaus, um vielleicht doch wieder gesund zu werden. Aber seine letzten Worte zu seinen Eltern war nur das Eine, was er doch immer nur wollte:

»Niemand soll traurig sein, weil ich – sterbe.«

© Christian Gloggengießer, 14. November 2021

Corona, so nannten sie ihre lieben Gäste

Gesundheitspolitisches

Es war einmal... jene kriegerisch mutige Frau hinter der Theke, die jedem Gast, der nicht rechtzeitig sein Bier bei ihr abholte, mit ihrer glänzend geputzten Pistole meistens in den Rücken schoss. Diese klare Regelung liebte man an ihr. Endlich! Da wurde nie darüber gestritten!

Dieser starken Frau schenkte die Gemeinde ihr altehrwürdiges Gasthaus mit einem Biergarten, auf dem Kastanienbäume den Schatten in jährlich heißeren Sommertagen spendeten und einem Saal mit einer beleuchtbaren Theaterbühne. Niemand wollte dieses urmenschliche Gewerbe mehr betreiben. Ewig diese Gesetze gegen den SARS-Virus! Monatelang die Tür des Gasthauses geschlossen halten, dann nur kurzzeitig unter Bedingungen gegen die Geselligkeit der Leute öffnen dürfen, dazu strengste Kontrollen mit höchsten Bußgeldern! Der Liter helles Bier mit seiner Schaumkrone kostete daher bei ihr längst 49,90 Euro. Früher konnte sich das ja niemand vorstellen, aber heute bezahlte man es eben...

Am Stammtisch in der Gaststube saßen täglich stundenlang sechs nette Personen. Sie waren die wenigen Menschen, die niemals einen Mund-Nasen-Schutz tragen mussten, weil sie alle drei

CHRISTIAN GLOGGENGIESSER

CORONA, SO NANNTEN SIE IHRE LIEBEN GÄSTE

EINE GESUNDHEITS- POLITISCHE KURZGESCHICHTE UM 2000 WÖRTER

Monate gegen jede mögliche Virusinfektion geimpft wurden – und auch werden wollten.

Und *Corona*, so wurde die Wirtin von den Stammgästen genannt, liebte sie, weil sie tranken und aßen, immer so viel sie nur konnten, um ihr berühmtes, traditionelles Gasthaus am Leben zu halten.

Jori, der Hamburger Fischer, ermordete einst seinen besten Freund und Kollegen an Bord. Dieser Sauhund wollte einfach nicht seine stinkig schmutzigen Fischfinger von Joris vollbusiger Freundin lassen. Also musste es geschehen: Als sie eines Nachts von dessen besten Fähigkeiten als Liebhaber zu laut träumte, ergriff doch eine unbremsbare Wut den liebenden Jori. Bei der nächsten Ausfahrt auf der Elbe steckte er ein Fischermesser in den Rücken seines boshaften Freundes und Nebenbuhlers; danach warf er ihn über Bord und dachte nur, schade, dass es hier keine hungrigen Piranhas gäbe.

Alle Freunde am Stammtisch bewunderten Jori wegen seiner außerordentlichen Liebesfähigkeit zu seiner Frau. Leider verstand sie ihn nicht, so dass er sie kurz darauf bei einem romantischen Abendspaziergang bei Mondlicht im Stadtpark mit seinem geheiligten Beil erschlagen musste. Es war das einzige Erbstück seines Großvaters! Jori hatte es nahe der Sitzbank im Gebüsch versteckt, so musste er nur kurz zugreifen! Schlau, nicht?!

Wibke, die ehemalige Bankangestellte aus Frankfurt, liebte diese schöne Geschichte mit dem sehr glücklichen Ende, weil ihre Geschichte anders verlief. Ihren treulosen Ehemann sah sie leider eines Tages nicht mehr wieder. Er war mit einer anderen Frau durchgebrannt. Dabei hatten sie schon fünf Kinder zusammen und planten eine wunderbare Zukunft ihrer Familie. Aber nach seinem letzten Telefonat, als der Satansbraten ihr beichtete, dass er bereits mit dieser Schlampe zusammengezogen war, musste Wibke ihn bestrafen. Eine grenzenlose Enttäuschung und Wut packte sie. Sie schnappte sich jedes ihrer Kinder einzeln in der Wohnung und erstickte oder würgte es bis zur Bewusstlosigkeit und anschließend ersäufte sie seine Kinder in der Badewanne. Nur der Älteste entkam ihr leider, weil dieser Trottel freiwillig in der Schule war. Jedenfalls klatschte Wibke jedes Mal wild erfreut in ihre Hände, wenn Jori seine alte Geschichte einem Neuling am Nebentisch erzählen sollte.

Iwan, der ehemalige Buchhändler aus Leipzig, war auch einmal solch ein grünohriger Neuling, aber seit einigen Wochen darf er ebenfalls an Coronas Stammtisch sitzen. Sein Vorgänger Achim, ein ehemaliger Dorfbürgermeister bei Flensburg, der seine boshafte Schwiegermutter, die ihm ihren viel zu großen Hof nicht vererben wollte, mit der Mistgabel erstach und dann in deren Heustadel mitverbrannte, war leider rasch schwerhörig geworden. Vielleicht doch das Virus!? Achim traf die volle Ladung an einem Samstag Abend aus Coronas Pistole. Sie sahen sich alle im Fernsehen die Sportschau an und stritten zu laut über ein Fußballspiel. Die liebe Corona schleppte Achim schnell aus der Gaststube und putzte die Blutspuren weg. Sie hat ja auch seit einiger Zeit einen eigenen Friedwald von der Gemeinde als einjähriges Jubiläumsgeschenk bekommen. Sehr zuvorkommend, wirklich nett!

Iwans Eltern waren geflüchtete Russen; sie verehrten den ersten russischen Zaren sehr und empfanden es ungestraft unverschämt, ihren Volkshelden mit dem gemeinen Beinamen »der Schreckliche« zu beleidigen. Er wurde damals nur anerkennend »Grosny« gerufen, was eben »der Starke, der Mächtige, der Drohende« bedeutet. Ihren eigenen kleinen Iwan würden sie vielleicht auch »Grosny« nennen, weil er doch nur seine liebevollen Eltern endlich von seinen beiden unwerten Zwillingsschwestern befreit hatte, sie waren geistig und körperlich behindert und deshalb sollte er die elterliche Buchhandlung eines Tages übernehmen. Aber Bücher hasste der arme Junge doch! Eifersüchtig war er auf die Bücher und die Schwestern, weil sie ihm die ersehnte Zeit mit seinen Eltern raubte. Da musste er nur warten, bis er einmal allein mit den beiden in der Buchhandlung war. Weil sie sich keinen einzigen Schritt ohne Hilfe fortbewegen konnten, zündete Iwan einfach die Buchhandlung an vielen Stellen an und wartete darauf, dass seine Eltern zurückkamen. Die Freude war zu groß für beide: Sein Vater erschoss sich wenige Tage später; seine Mutter versuchte einige Wochen danach, nachts im Dunkeln im Störmthaler See volltrunken mit Wodka zu schwimmen. Damals war Iwan traurig, heute lacht er aber längst wieder darüber.

Sepp, der erzkatholische »Josef« aus München, lacht am meisten mit Iwan, wenn er andächtig wieder einmal sein erbauliches Märchen von seinen verbrannten Zwillingsschwestern und den unlesbar verkohlten Büchern auftischen soll. Der Bayer war ein zugezogener Halbösterreicher aus Braunau am Inn. Zum Fleischhauer wurde er dort ausgebildet und zu einem Großschlachthof in der damaligen Millionenstadt wanderte er aus, sagte man einst in seiner beschaulichen Gegend. Der weltberühmte Adolf stammte ja auch von dort.

Als Sepp eines Tages zum Urlaub nach Hause kam, besuchte er abends freudestrahlend sein geliebtes Dorfwirtshaus. Und was sah er dort? Einen Haufen zugezogener, reich gewordener Passauer an seinem alten Stammtisch, wo einmal sogar der fast einheimische Papst Josef Benedikt zu Besuch vorbeischaute! Erst machte er ihnen klar, dass das Wort »Passau« nicht von »Pass durch den Fluss« und einer »Au« stammen könnte, sondern, wenn er sie so betrachten würde, gewiss von der »Sau«, die nicht nur durch den dreckigen »Pass« spazierte, sondern auch sich dort im Dreck am liebsten aufhalten würde. So sei das bis heute überliefert. Und danach sprach er ihnen das Mann- und Menschsein ab, weil sie statt dem dunklen Bier und Bockbier immer nur dieses helle Kinderbier saufen wollten. Was für Waschweiber sie wären! Angst vor Spinnen hätten sie sicherlich auch noch!

Sepp war so enttäuscht und wütend, dass er aus seinem Wirtshaus scheinbar flüchtete, doch nur, um in seinem dunklen Mercedes auf diese Gruppe von perversen Eindringlingen zu warten. Und als sie endlich auf ihrem Heimweg sich umarmend torkelten, überfuhr er sie blitzschnell. Vier bis sechs von dem Abschaum waren es mit Sicherheit, lobte Sepp sich stets selbst, wenn er von seinem einsten gezielten Kampf berichtete. Dafür liebte ihn zumindest der Stammtisch. Und nur das war ihm wichtig! Solche Helden gäbe es viel zu wenige in dieser verlorenen Welt!

Selma, die ehemalige Altenpflegerin aus der Gegend um Stuttgart, kann das alles nur zu gut verstehen, denn dieses Unrecht widerfährt einem ja überall auf der Welt! Sie hatte auch einst ein sehr beschwerliches Leben bei einem alten, widerlichen Sack in seiner Nobelvilla. Sex war inbegriffen! Und als sie zufällig erfuhr, dass er sie in seinem Testament nicht einmal mit einer besonderen Belohnung bedenken wollte, tarnte sie seine tödliche Pilzvergiftung als bedauerlichen Unfall, der ihr sehr zu Herzen gegangen wäre. Weil sie das alles zutiefst bedauerte, wurde sie zunächst von ihrer Schuld freigesprochen, weil sie jedoch den gleichen Unfall an der schleimigen Tochter des ekligen Alten verursachte, und man sie deshalb bestrafte, fanden ihre abendlichen Gebete den Weg zu Gott. Er ließ die kränkliche Staatsanwältin eines Tages in der Klinik am Virus namens Corona jämmerlich schmerzvoll sterben.

Ali, der türkische, ehemalige Autohändler aus Berlin, betete auch jeden Abend, aber zu Allah. Er wurde vor vielen Jahren in seiner Heimat noch in der Armee zum Töten ausgebildet. Aber weil er damals mit zwei Kameraden eine Jüdin mehrmals vergewaltigt und anschließend wegen deren Ehebruchs zu Tode gesteinigt hatte, durfte er nicht mehr seinem stolzen Vaterland dienen. Seine weisen Vorgesetzten urteilten, dass er bedauerlicherweise sehr dumm sei, denn dabei sollte man sich eben nicht erwischen lassen, indem man Gegnern der Religion protzend davon erzählen würde. Ali tat das eben. Aber hier am Stammtisch seiner zweiten Heimat, da fühlte er sich wirklich aufgehoben. Auch Selma und Wibke verstanden ihn nicht nur, sondern wären gar nicht abgeneigt, mit ihm ein ausgiebiges »türkisch-deutsches Schäferstündchen« zu verbringen. Ali allerdings wollte Sex nur mit Jüdinnen, die man ehrenhaft zu Tode foltern könnte, so dass ihm Allah wie vorausgesagt im Paradies einen Haufen Jungfrauen schenken würde. Daran glaubte Ali fester als an alles Andere! Allah wäre Alis bester Freund, das brüllte er immer zwischendurch in die Gaststube, nachdem er dort viel zu viel Wasser getrunken und Wasserpfeife geraucht hatte.

Und dann war es wieder einmal so weit: Die Wirtin setzte sich kurz nach der Sperrstunde zu den guten Freunden an ihren Stammtisch. Heute hatte jeder ihrer Gäste überlebt. Coronas Pistole musste nicht benutzt werden, um für Ordnung zu sorgen. Was für ein ruhiger Arbeitstag!

Corona hatte auch allmählich Schwierigkeiten mit der Anzahl der Gräber in ihrem Friedwald. Sie musste eine Gebietserweiterung beantragen. Doch sie wusste noch nicht bei wem; denn die bisherigen Zuständigen gingen bei der letzten Familienfeier in ihrem Biergarten einfach nicht rechtzeitig zu ihr an die Theke. Die Pistole war beinahe »im Dauereinsatz«, verglich Ali, wie wenn er von seinen Kriegshandlungen berichtete, obwohl er doch niemals welche ausüben durfte. Ja, so ungerecht sei die Welt, dass man sogar täglich gezwungen wäre, seine besten Freunde zu belügen. »Schrecklich!«, schrie da Ali in die betrunkene Runde – und alle lachten so herzlich wie immer! Und nun zu dieser fortgeschrittenen Stunde, während sie alle wie jeden Abend ihre

Zeche brav bezahlten, überfiel die liebenswürdige Wirtin eben doch wieder einmal die romantisch glückliche Erinnerung, die sie auch wie immer mit all ihren Stammtischfreunden teilen wollte:

»Ist es nicht wunderbar, dieses Corona-Virus! Seit elf Jahren in der 22. Welle bekämpfen sich in unserem Staat die immer weniger werdenden übrigbleibenden ungeimpft starken Leute und die auch wenig gewordenen Impfwilligen bis aufs Messer. Die Häuser sind ebenso menschenleer wie die Straßen geworden; die Altenheime und die Schulen sind verwaist und verstauben. Die restlichen Leute hocken rund um die Uhr an ihren Computern und bemühen sich, damit Geld zu verdienen, um die überall allzu sehr gewachsenen Steuern bezahlen zu können. Viele haben ihr Eigenheim verkaufen müssen, um ein bisschen Dach irgendwo im zwölften Stock über ihrem ach so klugen Kopf behalten zu dürfen. Ja, und wir, meine teuren Freunde, uns haben sie in den geschlossenen Anstalten jahrzehntelang von dem tödlichen Virus ferngehalten! Niemand durfte uns auch nur für wenige Minuten besuchen! Den täglichen Ausgang im Hof ließ man nur für den Einzeln zu, weil die frische Luft, die wir schnappen sollten, gar nicht so frisch war, wenn sie mehrere Personen gleichzeitig ein- und ausatmeten!

Und eines ach so schönen Tages gab es kein Geld mehr für unsere Betreuer und den Unterhalt unserer Behausungen! Und nur aus diesem Grund schenkten sie uns vorzeitig den Aufenthalt in der Freiheit wieder! Sie beschenkten uns mit Geld, ja Reichtum, damit niemand mehr für uns sorgen musste, weil es ja auch niemand mehr von ihnen konnte. Lasst uns jetzt zusammen anstoßen! Prost, meine gesegneten Freunde! Auf heute und auch wieder auf morgen! Wir sind die Sieger!«

Sie stoßen ihre immer vollen Gläser und Krüge freundschaftlich erklingend zusammen, als doch plötzlich so ein Neuling an einem anderen Tisch brüllte: »Ja, Prost! Auf Corona, unsere Königin!«

Sofort holte Corona ihre Pistole, schoss diesem Schreihals in den Dummschädel und verkündete, während sie eine fette Spinne auf ihrem Arm streichelte: »Das musste ja sein! Wieder so ein Idiot, der nicht wusste, dass `Corona´ gar nicht `Königin´ heißt, sondern `Krone´! Denn ihr wisst ja, Freunde! Wir sind die Kronen der Schöpfung!«

Und sie sprang auf den Stammtisch, schoss noch einmal, aber diesmal in die Zimmerdecke und sang aus ihrem glücklich sanften Herzen: »Lasst den Schwachkopf nur liegen, denn morgen räume ich ihn weg! Freunde, lasst euch alle lieben, denn morgen ist auch noch ein Tag!«

Und Jori lobte sie noch stürmisch, dass sie so großartig singen und auch dichten könnte, und bewunderte dabei zufrieden ihren großen, über ihm mitschunkelnden Busen...

ENDE

der Kurzgeschichten-Sammlung 2021